전력 질주

안전가옥 쇼-트 17
강민영 경장편

롤링

반만 시동을 걸어 둔 자동차 안에서, 진은 미간을 잔뜩 찌푸린 채 앉아 있었다. 라디오에서는 기상이변에 관한 이야기가 계속 흘러나오는 중이었다. 진은 자동차 앞 유리 안쪽에 부옇게 번지고 있는 습기를 가만히 들여다봤다.

정확히 오늘로 열흘이었다. 라디오에서 디제이들이 '이상기후', '이상기온'이라는 말을 반복한 지도 열흘, 맑은 하늘을 구경조차 하지 못한 지도 벌써 열흘. 한여름의 장마는 흔한 일이지만, 이렇게 긴 시간 동안 종일 비가 쏟아진 건 처음이었다. 진은 신경질적으로 핸드폰을 들어 내비게이션을 뒤적였다.

원래대로라면 지금쯤 진은 동해에 있어야 했다. 막 개장을 마친 동해 해수욕장들의 깨끗한 해수를 만끽하며 유유히 수영을 즐기고 있어야 했다. 매년

롤링

너무 빨리 지나가 버리는, 그 여름을 즐기기 위해 나머지 계절을 버텨 왔다. 올해는 그토록 좋아하는 여름을 누리지도 못한 채 이러고만 있게 되었다. 차에서 빗소리나 듣기 위해, 바닷가를 지도 앱으로 검색하기 위해 휴가를 낸 건 아닌데 말이다. 그냥 무작정 바다로 가 볼까 싶다가도, 장마와 풍랑으로 인해 몇 주째 입장 제한이 풀리지 않고 있는 을씨년스러운 해수욕장, 그 주변으로 길게 자리한 바리케이드를 비추는 뉴스 속 자료 화면이 떠올라 곧 생각을 그만둘 수밖에 없었다.

살짝 열어 둔 창틈으로 비바람이 들어오기 시작했다. 진은 창문을 올리며 주변을 둘러봤다. 비가 추적추적 내리는 한강 고수부지에 차를 대고 멈춰 있는 사람은 진 하나뿐이다. 진은 신경질적으로 와이퍼 작동 단계를 3단으로 올린 후, 똑같은 말만 반복하고 있는 라디오 뉴스를 껐다. 둔탁한 소음을 내며 빗물을 쓸어내리는 와이퍼가 눈앞에서 좌우로 빠르게 흔들렸다.

'휴가 첫날부터 이런 풍경이나 보고 있어야 한다니.'

진은 열심히 움직이는 와이퍼를 보며 짜증 섞인 한숨을 내쉬었다. 아니, 일말의 기대 때문에 무작정 집에서 나와 한강으로 달려온 자신을 탓해야 하는 것 아닌가 하는 생각이 들었다. 곧 고수부지를 덮칠 듯 도로 바로 아래에서 찰랑대는 한강 물과, 수문을 모두 열고 흙물을 뱉어 내는 잠실대교. 그 옆에서 빗소리를 들으며 헤드라이트를 켠 차 안에 앉아 있는 나는 도대체 뭘 바라고 여기까지 온 걸까. 진은 빠르게 고개를 흔들었다. 지금 할 수 있는 일이라곤 이 지긋지긋한 비가 그치기만을 기다리는 일, 그것밖엔 없어 보였다.

대각선 방향의 한강 공원 입구에서 누군가 랜턴을 켜고 진의 차 쪽으로 걸어오고 있었다. 분명 비가 많이 오고 있으니 여기에 주차하면 위험하다고, 차를 빼라고 말하러 오는 것일 테지. 진은 랜턴의 불빛을 바라보며 시동을 켜고, 재빨리 자리를 벗어났다. 비가 몇 날 며칠 오는 것도 짜증이 나 죽겠는데, 생판 모르는 사람의 잔소리까지 듣고 싶지는 않았다. 차 백미러로 불빛이 희미하게 번졌다.

몇 년 전까지만 해도 1년에 몇 차례 구경하기도 힘들던 태풍이 한여름에만 많게는 예닐곱 번, 적다고 해도 서너 번 정도 몰아치기 시작했다. 진은 처음에는 대수롭지 않게 여겼지만, 시간이 갈수록 잦아들기는커녕 더 드세지는 강풍과 폭우를 겪다 보니 자연스럽게 부아가 치밀었다. 비가 내리면 바다에 들어갈 수 있는 시간이 줄어든다. 진은 탁상 달력에 바다 수영을 간 날짜와 장소, 그날의 수온 같은 세세한 이야기를 적는 걸 즐겼지만, 이번 여

롤링

름에는 달력에 단 한 줄도 쓸 수 없었다. 바다 수영을 나가지 못했기 때문이다.

진의 휴가는 언제나 7월 초순에 고정되어 있었다. 같은 회사의 디자이너 대부분은 인쇄소나 제본소가 쉬는 8월 초순의 휴가를 선호했지만, 진은 7월의 휴가 일정에 만족했다. 여름의 절정에 바다 수영을 즐기고 싶었고, 개장한 지 얼마 되지 않은 해수욕장의 깨끗한 바다를 즐기고 싶었기 때문이다. 수온이 좀 낮아도 상관없었다. 낮은 수온과 바람을 이겨 낼 수 있는 스윔슈트는 얼마든지 가지고 있었다.

진은 바다 자체를 좋아하기도 했지만, 그동안 여러 시행착오를 거쳐 구매한 다양한 스윔슈트를 사용하는 일에 조금 더 관심을 쏟았다. 발목 끝부터 손끝, 목 언저리까지 꼭 끼게 올라붙는 슈트를 입고 수영하면, 물살을 가르고 유영하는 물고기가 된 듯한 느낌이 들었다. 바다에서 사용하는 수경은 일반 수영장에서 사용하는 수경보다 넓고 커서, 더 다양한 풍경을 한눈에 보기 적합했다. 진은 연파랑의 타일 바닥이 아닌 돌과 미역 줄기, 이따금 시야에 잡히는 이름 모를 물고기들을 바라보는 걸 좋아했다. 깊게 잠수하지 않아도 쉽게 감상할 수 있는 변화무쌍한 풍경들을 보며 몸을 움직이는 게 즐거웠다.

차체에 시끄럽게 내려앉는 빗소리를 들으며, 진은 마지막으로 바다 수영을 즐겼던 때를 생각했다. 고개를 물속으로 조금만 넣어도 탁 트인 바닷속 정경을 마주할 수 있었던 때가 언제였더라. 곰곰이 생각하면 작년 여름의 바다도 예전의 깨끗하고 신비한 모습만을 품고 있지는 않았다. 곳곳에 몰아치는 돌풍 때문에 혼탁해진 물살과 깊이를 가늠하기 힘들어진 파도에 밀려 몇 번이나 뭍으로, 또는 바다 멀리 떠내려가기를 반복하지 않았던가. 진은 조수석에 곱게 접어 둔 주황색 드라이 백을 흘끔 바라봤다. 지금 당장 비가 그친다고 해도 해수욕장 입장 제한은 쉽게 풀리지 않을 것이다. 드라이 백안의 새 슈트를 언제쯤 개시할 수 있을까. 진은 큰한숨을 내쉬었다.

벌써 일주일이 넘도록 수영을 하지 못했다. 휴가 기간에 바다 수영 대신 실내 수영을 하려니 내키지 않지만, 답은 역시 실내밖에 없는 걸까. 진은 자주 가던 실내 수영장 중 50m 레인을 보유한 두 개의 수영장을 머릿속으로 떠올렸다. 잠실과 올림픽. 평일 낮 시간대, 상급 레인에 사람이 없을 확률이 높은 곳은 아무래도 올림픽 쪽이겠지 싶었다. 진은 자유 수영 시간대를 확인하기 위해 바로 핸드폰을 열어 포털 사이트에 올림픽수영장을 검색했다. 몇초 지나지 않아 올림픽수영장 사이트의 바로 가기 버튼이 포털 사이트 화면 상위로 올라왔다.

롤링

진은 굵게 쓰인 '올림픽수영장' 여섯 글자를 터치하기 위해 손을 뻗었다가, 그 아래 연관 검색어로 올라온 다른 수영장들의 이름에 잠시 시선을 고정했다. 잠실 실내 수영장, KBS 스포츠월드, 삼성 레포츠센터 등 다양한 수영장들의 나열을 훑어 넘기려는데, 유독 눈에 띄는 글자가 있었다. '송도 트라이센터'. 진은 두 개의 단어를 한 글자씩 뜯어보며 저도 모르게 중얼거렸다. "아, 맞다. 여기가 있었지."

진은 올림픽수영장 로고로 향했던 검지를 틀어 대각선 아래 있는 '송도 트라이센터'라는 글자 위로 올리고 터치했다. 모바일 홈페이지에 접속하자마자 커다란 수영장의 모습이 눈앞에 펼쳐졌다. 사진 속 레인은 끝이 없다는 듯이 곧고 길게 뻗어 있었다. 진은 트라이센터의 수영장을 좀 더 둘러보기 위해 레인 안내 사진 끄트머리에 있는 '더 보기' 버튼을 눌렀다. 그러자, 커다랗게 볼드 처리된 안내 문구가 진의 시야를 가득 채웠다. 국내 최다의 50m 레인을 보유하고 있으며 5m 깊이의 잠수 풀을 포함한 모든 레인이 해수 풀로 운영되고 있다는 것이었다. 해수 풀이라는 데 구미가 당겼지만, 그 밑에 부속으로 달린 설명은 대부분 진이 다니는 수영장에도 해당하는 내용이었다. 50m 레인과 5m 깊이의 잠수 풀을 보유하고 있다는 사실은 진에겐 전혀 새롭거나 흥미로운 지점이 아니었다.

진이 홀린 듯 송도 트라이센터 이용권을 예약하게 된 이유는 수영장 시설 안내 게시 글의 제일 마지막에 쓰인 문구 때문이었다. '스윔슈트 전용 레인 보유'. 슈트 착용자만 들어갈 수 있는 레인이 따로 존재한다는 말에, 진은 다급히 온라인 예약 버튼을 누를 수밖에 없었다.

　송도 트라이센터. 수영 동호인 중에서 그곳을 모르는 사람은 없었다. 국내 최대의 스포츠센터이자 국내 최초의 복합 스포츠 몰을 표방하는 곳. 각종 브랜드가 앞다투어 입점하고자 노력했고, 인천시와 국내 수많은 체육협회가 개장 반년 전부터 전방위적인 마케팅을 펼쳐서 운동에 관심이 없는 사람들도 인천에 그런 시설이 새로 생긴다는 걸 대략 알고 있을 정도였다.

　송도 트라이센터가 동호인들 사이에서 화제가 되었던 이유는 센터의 규모 때문이었다. 실내 체육관 규모가 아무리 크다 한들 한 종목 이상에 집중할 수 있는 시설은 거의 없다시피 했는데, 트라이센터는 지하를 길게 뚫어 수영뿐 아니라 달리기, 사이클 등 소위 '철인 3종'에 해당하는 운동을 모두 한 건물 내에서 즐길 수 있도록 설계되었다. 천장고가 높은 최하층의 수영 시설에는 수구 풀과 다이빙용 풀에 더해 일반적인 실내 체육관 규모의 정

롤링

확히 두 배에 해당하는 레인이 설치될 것이라는 정보가 착공 직후인 5년 전부터 떠돌았다. 운영자와 입점사들에게만 시설을 공개한 시범 오픈 주간 이후, 다양한 기사와 뉴스들에서 송도 트라이센터의 수영장을 가리켜 '바다를 보는 것 같다'라고 표현했다. 실내 수영장에서 바다의 파도와 광활함을 재현할 수 있을 리 없지만, 진은 오래도록 그 문구를 기억하고 있었다. 언젠가 한 번은 가 봐야지 싶었는데, 그 시기가 이번 휴가가 될 거라고 예상하진 못했다.

다음 날 아침이 밝자마자, 진은 부산스럽게 움직이며 송도 트라이센터로 갈 채비를 시작했다. 혹여 비가 조금 잦아들까, 입장 제한이 풀린 해수욕장이 있을까 싶어 여러 앱을 뒤적였지만 허사였다. 수영장에라도 가는 편이 아예 물에 들어가지 못하는 상황보단 훨씬 나을 거란 생각에, 진은 마음을 다잡고 차에 올라 '송도트라이센터' 일곱 글자를 내비게이션에 입력했다.

빗줄기는 어제보다 더 거세졌고, 수도권 일부 지역에 호우주의보 발령이 예상된다는 뉴스가 라디오 채널을 통해 들렸다. 진의 예상대로 한강 고수부지 진입로 중 몇 군데는 완전히 차단되어 있었고, 가는 도중에 내비게이션이 막히지 않은 길을 주기적으로 업데이트하느라 버벅댔기 때문에, 예상 주행 시간을 훌쩍 넘기고 나서야 진은 송도 트라이센터에 도착할 수 있었다. 하지만 진은 도착 시간이 늦든 빠르든 상관없었다. 어차피 휴가 기간이고 다른 일정이 없지 않은가. 지금부터 해가 질 때까지 줄곧 수영장에 있을 예정으로 종일권을 끊었기 때문에, 바깥 날씨가 어쩌고저쩌고하는 소식에는 별로 개의치 않았다. 송도 트라이센터 입구를 향해 걸으면서 진은 바다를 향한 일말의 희망을 완전히 버렸다. 그저 처음 가 보는 수영장에서, 슈트를 입고 그 깊은 바다를 향해 헤엄치고 싶은 생각만 간절했다.

'2023년 6월 10일 그랜드 오픈'.

트라이센터의 우측 상부에서 파란색 현수막이 펄럭거리고 있었다. 센터 바로 앞 주차장에 차를 주차한 진은, 비를 맞아 원래 위치보다 조금 더 밑으로 내려온 듯한 파란 현수막에 시선을 고정한 채 센터의 입구로 향했다. 주말이면 주차장이 가득 찰 정도로 사람들이 붐빈다는 리뷰를 포털 사이트에서 읽었는데, 평일이라 그런지 주차된 차가 몇 대 없었다. 진의 것과 비슷하게 생긴 검은색 SUV 한 대와 작은 소형차 몇 대가 전부였다. 어깨에서 흘러내리는 주황색 드라이 백 끈을 다시 어깨 위로 고정한 후 진은 트라이센터의 정문을 열었다. 그러자, 바깥과 다른 따뜻하고 건조한 공기가 진의 온

몸을 감쌌다. 무엇보다도 진의 관심을 끈 건, 트라이센터 1층에서부터 지층까지 아래로 이어져 있는 거대한 인공 암벽이었다.

그 암벽은 클라이밍에 별다른 관심이 없는 사람도 단숨에 시선을 빼앗길 만한 위용을 뽐내고 있었다. 긁힌 자국이 거의 없는, 새것이나 다름없는 깔끔한 회색 벽 곳곳에 빨간색과 파란색, 그리고 노란색 돌들이 불규칙하게 박혀 있었다. 진은 기울어진 암벽이 시작되는 위치에서 위로 시선을 움직이며 천천히 센터의 내부를 훑었다. 1층에서부터 최상층인 4층까지 길게 뻗어 있는 에스컬레이터를 보며, 저 위에서는 지층의 모든 것이 작게 보일 테니 영화 촬영용 미니어처 세트장을 구경하는 느낌이 날 것 같다는 생각을 했다. 커다란 원을 그리듯 늘어서 있는 위층 상점들의 간판이 알록달록 반짝였다. 진이 평소 좋아하는 수영복 브랜드 간판도 눈에 띄었다. 진은 저도 모르게 2층으로 올라가는 에스컬레이터로 발걸음을 옮길 뻔했다. 하지만 이내 마음을 고쳐 잡고, 1층 중앙에 있는 안내 데스크로 향했다. 센터를 둘러보는 건 수영을 하고 나서도 가능한 일이다. 진의 머릿속은 수영장으로 내려가 옷을 갈아입고, 바로 물에 들어가고 싶다는 생각으로 금세 가득 찼다.

예약 확인과 입장 등록을 마친 진은, 에스컬레이

터를 뒤로한 채 곧장 엘리베이터로 향했다. 오전 수영장 예약자는 몇 명 없으니 쾌적하게 즐길 수 있을 거란 안내원의 말에 가슴이 두근거렸다. 날씨가 좋지 않은 것도 예약자 수를 줄이는 데에 한몫했을까. 진은 텅 빈 주차장을 다시 한번 떠올렸다. 집과 센터 사이를 오가는 데 걸리는 시간은 왕복 두 시간 반 정도. 만일 주중 내내 비가 이런 식으로 내린다면 센터를 찾는 사람의 수는 다른 평일에도 많지 않을 테다. 사람들 사이에서 부대끼지 않고 50m 레인을 쉼 없이 왕복한 마지막 날이 언제였는지 생각해 봤다. 오늘이라면 그동안 못 한 훈련을 몰아서 할 수 있을 것 같았다. 이 정도의 쾌적함이 유지된다면 이번 주 내내 트라이센터로 휴가를 보내러 와도 좋겠다는 생각이 들었다. 진은 짧게 고개를 끄덕이며 어깨의 드라이 백을 오른손으로 꽉 잡았다.

수영장 휴식 시간은 50분마다 돌아왔다. 오전 8시 50분, 8시 타임의 휴식 시간에 맞춰 입장한 진은 재빨리 옷을 갈아입고 샤워를 마친 후, 휴식 시간 종료를 알리는 안내음을 기다리며 샤워실 입구 앞에서 스트레칭을 시작했다. 먼저 수영복을 입은 상태로 몇 바퀴 돌아 물을 파악한 다음, 본격적인 슈트 수영을 해 볼 생각이었다. 어차피 종일권을 구매해 두었으니 서두르고 싶진 않았다. 다만 점심 시간이 지나면 직장인들이 자유 수영을 하러 제법

올 수 있기 때문에, 그 전에 할 수 있는 훈련을 최대한 해 두고 오후 시간은 조금 여유롭게 보내고 싶었다. 진은 발목과 손목을 돌리며, 왼쪽 손목에 차고 있는 스마트워치의 배터리를 무의식적으로 확인했다.

곧 휴식 시간 종료를 알리는 안내음이 울렸고, 진은 마치 올림픽 경기장에 입장하는 선수처럼 비장한 각오로 발을 두 번 통통 구르며 샤워실 안쪽 문을 열었다. 문을 열어젖히자 서늘한 공기가 진의 온몸을 훅, 하고 감쌌다. 이중으로 된 샤워실 바깥 문을 열고 나서야, 진은 공기가 찬 이유가 수영장의 물 온도 때문이 아니라 높은 천장고 때문임을 깨닫게 되었다.

"와."

커다란 직사각형 모양의 수영장을 보자마자, 진은 절로 감탄사를 쏟아 냈다. 여기가 실내 수영장이라고? 이렇게 넓고 깊게 지하층을 쓸 수 있다고? 진의 머릿속에서 물음표가 둥둥 떠다녔다. 기초공사 기간만 1년 반이 넘었다는데 수영장의 규모와 넓이를 실제로 보고 나서야 그 말이 실감 났다.

"엄청나잖아."

진은 무의식적으로 중얼거렸다. 진의 목소리가 진과 가까운 쪽의 벽을 타고 올라가다가 금세 사라졌다. 물때 하나 끼어 있지 않은 하얀색의 타일들이 바닥과 천장, 레인 주변 할 것 없이 빼곡하게 붙어 있었다. 중간중간 포인트가 되거나 미끄럼을 방지하는 다른 재질의 타일이 깔려 있었는데, 그게 아니었다면 수영장이 아니라 거대한 실험실같이 느껴졌겠다 싶을 정도로 공간 전체가 눈부시도록 하얬다. 햇빛이 조금이라도 들어왔다면, 아마 반사되어 여기저기 튕겨 나갔을 테다.

수영장에는 진 한 사람뿐이었다. 진은 조심스럽게 열두 개의 레인 앞으로 걸어가, 정중앙의 레인 앞에 멈춰 섰다. 수영장 바닥에는 일반 실내 수영장에서 흔히 볼 수 있는 T 자 모양의 선이 길게 그려져 있었다. 레인 끄트머리에서 찰랑대는 물이 레인 앞에 선 진의 발바닥 안쪽으로 들어왔다 사라졌다. 진은 허리를 굽히고 앉아 오른손을 수영장 물 속으로 넣었다. 딱 적당한 온도였다. 차갑지도 따뜻하지도 않은 딱 중간 수준의 수온. 레인 끝 쪽 벽에 붙어 있는 수질 현황판이 희미하게 보였지만, 부러 저기까지 걸어가 확인하고 싶은 생각은 들지 않았다. 진은 감으로 알고 있었다. 이곳의 물 온도가 대략 몇 도인지, 이 정도의 수온과 수질에서 자신이 어느 정도의 기록을 낼 수 있는지를 말이다.

무릎을 펴고 일어난 진은 다시 수영장 안쪽에 시선을 고정했다. 수영장의 물은 예의 쨍한 파란색이 아니었다. 바닥빛을 타고 은은하게 올라오는 물의 색깔만 봐도 진은 수영장 물 관리 방법이 해수 풀 시스템인지 염소 풀 시스템인지 알 수 있었다. 레인 앞에 서기 전까지 진은 종일권 가격인 7만 원이 적절한 금액인지 의구심을 품었다. 탈의실이나 샤워실을 이용할 때까지만 해도, 의문과 의심은 흔들리지 않았다. 하지만 수영장 안에 들어와 쫙 뻗은 레인 앞에 서는 순간, 진의 불편한 마음은 눈 녹듯 완전히, 흔적도 없이 사라져 버렸다.

오늘에야말로 5초를 단축할 수 있겠어. 진은 스마트워치의 스타트 버튼을 누르고, 6번 레인 안으로 뛰어들었다.

윕 킥

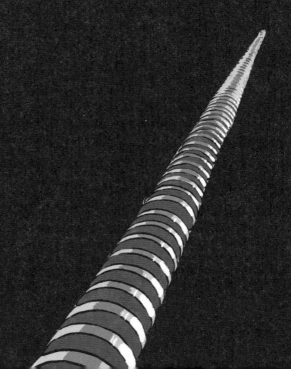

락스 냄새가 강하게 콧속으로 밀려 들어오는 작은 공간, 바깥의 햇볕을 받아 한층 더 빛나는 인공적인 하늘빛 물, 서로 어디를 어떻게 봐야 할지 몰라 쭈뼛거리는 사람들. 진의 생애 첫 수영장의 기억은 그리 좋지 않았다. 몸에 꼭 맞고 번들거리는 재질의 수영복을 입고, 낯선 사람들과 한 뼘 정도의 공간을 사이에 두고 옹기종기 모여 서서 스트레칭을 할 때까지만 해도 진은 자신이 꾸준히 수영하리라곤, 아니, 오히려 수영에 미쳐 지내게 되리라곤 생각하지 못했다.

　　대학교 4학년 때 진은 수개월 동안 자신을 괴롭힌 통증의 원인을 밝히고자 졸업 전시가 시작되자마자 가까운 병원을 찾았다. 원인을 알 수 없는 윗배 어딘가의 통증이 늘 문제였고 어깨와 허리, 골반의 불편함도 항상 달고 살았다. 약국에서 파는 소염진통제를 먹어도 낫지 않는 수준이었지만 진은 아픈 몸 때문에 한 학기를 날릴 수 없어 그저 버텼다. 그 결과 의사의 호통이 돌아왔다.

윕 킥

"실제 나이는 20대인데, 신체 나이는 80대라고요. 지금까지 이런 몸 상태로 어떻게 버텼어요?"

가벼운 마음으로 정형외과를 찾았는데, 의사는 개원 이후 이런 환자는 처음 본다며 혀를 끌끌 찼다. 의사는 진 앞에 커다란 네 개의 엑스레이 사진을 펼쳐 두고 긴 설명을 시작했다. 경추 몇 번이 어떻고 요추 신경근이 어쩌고저쩌고하는 말들을 진은 모두 기억하지 못했다. 다만 의사가 제일 많이 반복하던 '운동'이라는 단어는 예외였다. 운동. 그걸 하지 않으면 당장 죽어도 이상할 게 없다던 의사의 강한 어조와 말투만이 뇌리에 깊이 남았다.

진은 다음 검진 예약을 잡고 집으로 돌아오며 생각했다. 운동이라는 걸 마지막으로 했던 때가 언제더라. 버스 시간에 늦지 않도록 집에서부터 건널목 건너편까지 헐레벌떡 달음질했던 걸 운동이라고 할 순 없겠지. 진은 조금 먼 기억을 되짚어 봤다. 떠오르는 마지막 기억은 지긋지긋한 체육 시간. 진은 체육 시간만 생각하면 온몸에 소름이 오스스 돋는 듯했다. 일주일에 한 번, 그마저도 중간고사나 기말고사 기간에는 없다시피 한 시간이었지만, 어쨌든 진은 체육을 싫어했다. 가만히 있어도 진이 빠지는데 구태여 땀을 흘리며 몸을 움직여야 한다는 사실도, 대부분의 과정에서 누군가와 협동하거나 경쟁해야 한다는 사실도 싫었다.

무엇보다 제일 짜증 났던 건, 역시 달리기였다. 100m 달리기, 이어달리기, 오래달리기, 여하튼 진은 달리는 일이라면 뭐든 정말 싫었다. 모든 달리기 종목에서 진은 항상 마지막 주자였다. 이름이 'ㄱ'으로 시작되는 학생이 뛰기 시작하면 'ㅎ'까지 가야만 체육 시간이 마무리되었고 진은 언제나 그 마지막을 담당하는 사람이었다. '허진', 두 글자를 체육 선생이 부를 때마다 진의 속은 울렁거렸고 반 아이들은 하품했다. 진이 달려야만 수업이 끝났고 진이 발을 내디뎌야만 다음 시간으로 넘어갈 수 있었다. 종이 치고 쉬는 시간이 시작되어도, 어쨌든 진은 달려야 했다. 사실, 그 속도의 그런 움직임을 '달린다'고 부르긴 어려웠다. 진은 심드렁하게 자신을 기다리는 아이들의 표정이 싫었다. 같은 반의 누구보다도 느린 진의 뜀박질을 조롱하는 아이들도 있었다. 어쩜 저렇게 못 뛸까, 전생에 거북이였나 봐. 그런 말을 들을 때마다 진은 폐 안쪽이 말리는 듯한 강한 통증을 느꼈다. 그리고 여러 번 반복해서 혼잣말을 되뇌었다. 내 몸은 달리기를 하면 안 되는 몸이라고, 나는 달리면 아프도록 태어난 사람이라고 말이다.

고등학교 졸업 이후 가끔 사람들이 달리기를 권할 때면 진은 자신의 횡격막에 문제가 있다고 대답했다. 상대가 그 문제라는 게 뭐냐고 물으면, 진은

윕 킥

좀 더 자세한 설명을 붙였다.

"횡격막은 배와 가슴 사이에 있는 근육이잖아요, 근데 이게 고질적으로 유연하지 않게 태어난 사람들이 있거든요. 그래서 어릴 때부터…."

대부분의 사람들은 여기까지 말하면 고개를 끄덕이며 다시는 진에게 달리기를 권하지 않았다. 진은 사실 횡격막이 어디 붙어 있는지 몰랐고, 자신에게 건강상 문제가 전혀 없다는 걸 잘 알고 있었다. 하지만 진은 꽤 오랜 시간 동안 '횡격막 거짓말'을 그럴싸하게 만들어 사람들에게 이야기하곤 했다. 스물다섯의 초입에, 난생처음 정형외과 진료를 받게 되면서부터 진은 횡격막에 관한 이야기를 중단했다.

의사가 가장 먼저 권한 운동은, 걷기와 달리기였다. 달리기요? 네, 달리기요. 단기간에 가장 큰 효과를 볼 수 있는 운동이 달리기라는 의사의 설명을 진은 심각한 표정을 지으며 메모했다. 의사 앞에서 무릎이나 어디가 안 좋다고 말할 수도, 또 횡격막 어쩌고 하는 이야기를 꺼낼 수도 없는 노릇이었다. 달리기 외의 당장 할 수 있는 운동을 여러 개 추천받았지만, 따로 학원에 등록하는 등 번거로운 절차를 거치지 않고 바로 시작할 수 있는 건 역시 걷기, 아니면 달리기였다. 처음부터 무리하진 말라는 의사의 권고 사항에 진은 동그라미, 그리고 별표를 그렸다.

하지만 진은 정확히 일주일 후, 무리하지 말라는 말을 잊고 더 무리해서 움직인 탓에 상처투성이가 된 몸을 이끌고 병원 문을 열었다. 일주일 만에 다친 채로 돌아온 진의 상태를 점검하던 의사는, 고개를 가로저으며 최후의 처방을 내렸다. 몸에 무리를 주지 않고도 할 수 있는, 스스로가 아닌 다른 사람이 그 강도와 세기를 판단하는, 그런 운동. 의사는 일주일에 한 번, 적응되면 일주일에 두 번이나 세 번으로 횟수를 늘려 가라고 조언하며 진의 운동 스케줄을 주 단위 표로 그려 주고는 이렇게 덧붙였다.

"이건 절대 다칠 일이 없어요. 그다지 무리가 되지도 않고요. 혼자 하는 게 아니라서 좀 불편할 수는 있지만."

의사는 메모장 끝에, 안경을 끼고 한 손으로 시옷 자를 그린 채 입을 벌린 사람의 형상을 그려 넣었다. 진은 무릎에서 욱신거리는 통증을 느끼며 의사의 그림을 물끄러미 바라봤다.

수영장 레인 밖에선 '이런 걸 입고 어떻게…'였던 수영복이 수영장 레인 안에선 '제법 괜찮은데?'가 되었다. 수영을 배운 지 한 달 만에, 진은 락스 물 찰랑거리는 수영장을, 인공적인 푸른빛을, 무엇보다 몸에 끼다시피 맞는 수영복을 더는 꺼리지 않게 되었다.

윕 킥

물에 뜨는 방법도 몰랐던 진은 기초반 선생이 알려 주는 대로 따르면서 수업을 좇아가기 위해 최선을 다해 노력했다. 물 안에서는 걷는 건 힘들었다. 하지만 발장구를 제대로 치지 못하는 진이 물 안에서 이동할 방법은 달리 없었다. 허리까지 오는 물속에서, 벽을 잡고 조심스레 움직이는 진을 보며 선생은 인자한 미소를 짓고는 말했다. "언젠간 걷는 것보다 헤엄치는 게 더 편해질 거예요." 그 말을 들었다고 해서 수영에 대한 진의 용기와 열정에 딱히 불이 붙지는 않았으나 자신감을 갖는 데에는 어느 정도 효과가 있었다. 일주일 뒤 진은 킥 판을 끼고 발장구를 치는 데 능숙해졌고, 이 주일 뒤에는 킥 판 대신 허리에 묶는 부이를 차고도 물 위에서 오랜 시간 버텼다. 한 달 뒤에는 킥 판도 부이도 없이 스스로의 힘으로 레인 양 끝을 가볍게 오갈 수 있게 되었다.

몸통을 완전히 조이던 수영복이 느슨하게 느껴질 즈음, 진은 다른 수영복을 주문했고 새로운 영법을 배우기 시작했다. 수영을 시작한 지 2개월 만에, 진은 기초반에서 벗어나 초·중급 수업이 함께 진행되는 혼합반으로 이동했다. 물속에서 걸을 일은 더 이상 없었다. 25m 레인이 더는 멀게 느껴지지 않았다. 그렇게 몇 개월을 더 보내고 난 뒤에 진은 정형외과 의사에게 완전한 작별을 고할 수 있었다. 검진 표를 훑던 의사는, 고개를 연신 끄덕이며 진을 향해 엄지손가락을 추켜올렸다.

"이제야 제대로 돌아왔네요, 허진 님 나이의 몸
으로요."

이 정도 운동 강도를 꾸준히 유지하며 다른 운동
도 조금씩 병행하라고 의사는 마지막으로 당부했
다. 하지만 진은 그즈음부터 더 먼 곳을 향해 몸을
움직이고 있었다. 중급반에 들어서자마자 상급반
레인을, 상급반에 들어선 후엔 마스터반 레인을 곁
눈질하며 바라봤다. 현재 상태를 유지하며 안주하
려니, 영 성에 차지 않았다. 이 작은 실내 수영장에
서 할 수 있는 건 전부 다 해 보고 싶었다. 정확히는
수영을 통해 할 수 있는 건 뭐든 해 보고 싶었다.

진이 기초반에서 마스터반 수강생으로 승격되어
레인을 옮긴 반년 동안, 진의 신상에는 많은 변화
가 있었다. 작은 출판사에 취직하여 사회 초년생의
임무를 수행하기 시작했지만, 사실 그런 건 진에게
하나도 중요하지 않았다. 오로지 수영을 하기 위한
하루 한 시간, 그것만 보장된다면 나머지는 아무래
도 상관없었다.

잔업을 집까지 가지고 와서 자정이 넘도록 업무
를 처리하다 곯아떨어져도, 진은 다음 날 아침이면
전날과 같은 기상 시간에 칼같이 일어났다. 예전
같으면 해가 뜨기도 전에 눈을 뜨는 건 있을 수 없
는 일이었지만, 운동을 통해 늘어난 체력만큼 신체

윕 킥

의 여러 가지 기능이 좋아지기 시작했기 때문이다.
발단은 '이러다 곧 죽을 거예요.'라는 말을 듣지 않
겠다는 결심이었지만 진은 어느덧 수영이라는 운
동에, 물속을 헤엄치는 것에, 물살을 가르는 일에,
진심이 되었다.

수영은 다칠 일이 없는 운동이라던 의사의 말은
사실이었다. 진은 수영을 시작한 이후 부상을 당하
지 않았다. 적어도 실내 수영장 안에서의 사고란,
물속에서 일어나는 것이 아니었다. 타일 위를 급하
게 달리다가 미끄러지거나 수영장 밖으로 나오는
사다리 계단에서 발을 헛딛여 어딘가에 부딪히거
나 하는 일이 전부였다. 한 발 한 발 내딛는 것만도
고역이었던 지긋지긋한 달리기와는 달랐다. 진은
자신에게 수영을 권해 준 의사와 수영의 기초를 잡
아 준 기초반 강사에게 진심으로 감사했다. 그 두
사람이 아니었으면 진은 분명 '죽은 몸'이 되었거
나 레인 줄을 잡고 걸어 다닐 줄만 아는 수영장의
좀비가 되어 있었을 테다.

평영, 배영, 접영을 자유자재로 구사할 수 있게
되고 자유형의 자세와 기록이 확실히 좋아지자
진은 서울의 여러 수영장으로 눈을 돌렸다. 편도
25m에 왕복 50m가 전부였던 진에게, 더 큰 규모
의 수영장들은 그야말로 신세계였다. 진의 세계는
왕복 100m로 넓어졌고, 수심 5m를 훌쩍 뛰어넘

는 곳에 이르기까지 깊어졌다.

바다 수영은 진의 가장 마지막 목표였다. 완전한 안전이 보장된 사각형 공간 안에서의 수영이 아닌, 변화무쌍한 날씨와 해상상태에 따라 헤엄치며 자신을 시험할 수 있는 일. 얕은 바다에서 하는 수영은 별다른 장비 없이 가벼운 레저로 즐길 수 있겠지만, 깊은 물에서 하는 수영은 달랐다. 파도와 해류를 읽는 능력도 필요하고 체온이 떨어지는 상황에 대비한 여러 가지 장비들도 필요했다. 무엇보다 겁을 집어먹지 않는 것이 포인트였다. 으레 많은 사람이 수영하러 바다에 나갔다가 사고를 당하곤 하니까.

물속의 진은 명백하게 뛰어났다. 진은 자신에게도 특기라 여길 만한 것이 존재한다는 사실에 새삼 놀랐다. 전공이나 직업과 관련한 능력을 특기라고 할 수는 없었다. 고등학교 때부터 디자인을 전공했고 대학교에 입학한 후에도 그저 그것밖에 할 줄 아는 게 없었던 탓에 졸업하고 나니 어느새 디자이너가 되어 있었다. 재능이 있어서라기보단 그냥 그렇게 되어 버린 것이다. 진은 무언가를 특별히 좋아하거나, 이게 아니면 안 된다는 끌림을 안은 채로 살아 본 적이 없었다. 진은 늘 중간에 자리 잡고 있었고, 그 위치에 있는 자신에 대해 한탄하지 않았다.

윕 킥

진에게 특별함을 부여한 유일한 존재는 바다였고 바다 수영이었다. 남들은 다 주저한다는 깊은 물속에, 진은 잘만 들어가 유영했다. 어쩌다 한 번 돌풍을 만나 시야가 일순 가려져도 진은 당황하지 않았다. 숨을 편안하게 참으며, 물속에서 움직일 기회가 생기기를 기다렸다. 진이 속해 있는 동호회 사람들은 혼자 바다 수영을 장시간 유려하게 해내는 진을 바라보며 '타고났다'라고 말했다. 지금까지 뭐 하나 특출나게 잘하는 거 없이 살아온 진에게, 그 말은 충격적으로 다가왔다. 내가 저런 말을 들을 수 있다니. 사람들이 종종 내뱉는 그 말에, 진은 온몸에서 오스스 올라오는 소름을 느꼈다.

조롱이나 비아냥이 아닌 문자 그대로의 칭찬. 진이 처음 듣는 말이었다. 그래서 좀 더 오래, 더 많이 그 말을 듣고 싶었다. 다른 사람보다 조금 더 나은 지점, 그 지점을 더 다져 다른 사람이 쉽게 다가올 수 없도록 확고하게 만들고 싶었다. 그러기 위해서는 지금까지보다 더 많은 경험과 연습이 필요했다.

한 시간 반이나 두 시간씩 바다 수영을 마치고 뭍으로 올라오면, 진은 습관적으로 가슴과 배 사이, 횡격막이 위치한 부분을 꾹 눌러 쓸어내렸다. 이제는 횡격막이 정확히 어디에 있는지 안다. 그리고 그 부위를 감싸고 있는 자신의 호흡근이 다른 사람들보다 유독 발달해서, 폐활량에 영향을 미친다는 사실 또한 알고 있다.

진은 마스터스 수영 대회 당일에도 레인 앞에 서서 명치께를 답답함이 느껴질 때까지 꾹 눌렀다가 다시 떼기를 두 번 반복했다. 오랜 시간 이곳저곳이 아픈 몸을 이끌고 살아왔는데 그에 대한 보상을 받는 건가 싶어, 긴장한 와중에 무의식적으로 쓴웃음이 지어졌다. 진의 행동을 보고 옆 레인에 서 있던 사람들이 따라 하는 해프닝이 벌어졌다. 징크스를 없애기 위한 행동의 일종이냐 사람들이 물었고, 진은 크게 고개를 가로저었다.

그날 진은 여성 성인부 개인혼영 1위를 차지했다. 진의 기록은 마스터스 대회 여성부 전 연령대의 개인혼영 기록을 전부 갈아 치웠다. 그 뒤로도 마스터스 대회 여성부에서 진의 기록을 깨는 사람은 없었다.

윕 킥

워밍업

"김 실장님, 오늘도 종일 그것만 들여다보세요?"

설은 화들짝 놀라 고개를 들었다. 바로 옆자리에 앉은 박 팀장이 눈을 끔벅이며 설과 설이 보고 있던 핸드폰 화면을 번갈아 바라보고 있었다. 설은 재빨리 핸드폰을 가리곤 손사래를 쳤다.

"아, 죄송합니다. 이게 습관이 들어서. 혹시 상담 들어왔나요?"

설은 고개를 쭉 빼고 엉거주춤 일어나 정문 근처를 두리번거렸다.

"아니, 아니에요. 비가 그쳐야 사람들이 좀 올까 싶어요. 문자는 좀 오는데 말이죠. 나도 궁금해서 그래요, 이거 언제 그치나 싶어서."

박 팀장이 말을 마치자마자, 살짝 열려 있던 창문을 통해 세찬 비바람이 훅, 하고 한 번 몰아닥쳤다. 설은 재빨리 일어나 창문을 꼭 닫고 제자리로 돌아와, 박 팀장 옆에서 다시 핸드폰을 열었다.

워밍업

"여기 보시면 이거, 보라색이랑 빨간색 막 겹쳐 있죠? 이게 이렇게 서울에 집중되어 있는데, 이 아래를 보면."

설은 앱 화면에 그려진 한반도 지도 여기저기를 검지로 밀었다.

"동서남북 다 파란색으로 되어 있어요. 보라색은 집중호우고 파란색은 강수량이 중간 정도라는 건데, 전체적으로 다 같은 색에 예상 기간은 일주일 정도…."
"아, 이게 이렇게까지 나오는구나. 그래서 비 안 내리는 곳 찾아보려고요, 휴가 때?"

설은 앱을 뒤적이면서 한숨을 쉬었다.

"그럴 생각이었는데 어차피 비가 잠깐 그치는 정도로는 의미가 없어서요. 일기예보랑 미세하게 차이는 있는데, 결국 전국 어디나 비가 내리는 건 똑같네요."

박 팀장은 기지개를 켜는 설의 운동화를 물끄러미 바라보며 말했다.

"뛰어서 회사 출근 안 한 지 꽤 되었죠? 왜, 항상 형광색이 이렇게 멋있게 있는, 그 예쁘게 생긴 운동화 신고 왔잖아요."

설은 박 팀장의 시선을 따라 자신의 발 끄트머리를 내려다봤다. 설이 지금 신고 있는 건 생활 방수가 되는 편한 운동화였다. 이 운동화를 신은 지 어림잡아 열흘은 넘은 것 같았다. 지난 열흘 내내 비가 왔고 또 일주일이 훨씬 넘도록 비가 그치지 않을 예정이니, 여러 운동화를 돌아가며 적시고 싶진 않았다. 설은 신발장 안에 곱게 잠들어 있는 파란색 서코니 허리케인을 생각했다. 박 팀장이 말한 신발은 허리케인이었을 테다. 그 옆에 같이 잠자고 있는 아식스 젤 카야노, 이번 여름엔 한 번도 빛을 보지 못한 호카오네오네 카하, 그리고 다른 신발들을 하나씩 머릿속에 떠올렸다.

"아, 그거요. 네. 뭐… 지지난 주엔가 그때 한번 신고 왔죠. 그때 이렇게 쭈와악-"

설은 발로 반원을 그리며 미끄러지는 시늉을 했다. 말 그대로 '쭈와아악' 소리를 내며 길 위에서 잠깐 굴러야 했던, 열흘 전의 출근길. 우중 런을 경험해 본 설이 자신 있게 집을 나선 참이었다. 매일 왕복 10km를 뛰느라 익숙해질 대로 익숙해진 길이었는데, 하필이면 예상외의 물웅덩이가 나타날 줄이야. 갈색 우레탄 바닥 위로 철푸덕 엎어진 설은 그 자리에서 헛웃음을 지었다. 뛰다가 넘어지는게 도대체 얼마 만인가. 이 망할 놈의 비. 주춤하며 다리를 세우고 일어난 설의 입안에서 흙가루가 씹혔다. 설은 벌떡 일어나 앉은 자리에서 침을 퉤, 뱉곤 또 중얼거렸다. 망할 놈의 장마 새끼.

워밍업

예정대로라면 돌아오는 주말에는 마라톤 대회가, 열흘 뒤엔 트레일 대회가 열려야 했고, 예정대로라면 일요일 오후 이렇게 사무실에 출근하는 대신 남산이든 한강 변이든 어디든 뛰고 있었어야 했다. 그 '예정'이라는 건 이미 한 달 전부터 어그러진 계획이 되었지만 말이다. 대회 일정을 참고해서 반년도 더 전에 휴가를 미리 냈건만 날씨가 이렇게 도와주지 않으리라고는 예상하지 못했다. 아니, 휴가뿐인가. 지난 몇 주 동안 설은 밖에서 제대로 달려 본 기억이 없다. 비가 조금이라도 잦아들기를 고대하며 매일 누구를 기다리는 사람처럼 창문 앞에서 서성댔지만, 시야를 가득 채우는 건 우중충한 하늘뿐이었다.

대회 취소는 그럴 수 있는 일이라 쳐도, 밖에서 하루도 달리지 못한 지가 벌써 열흘 가까이 된다니. 설은 가슴 깊숙한 곳에서부터 몰려오는 짜증을 매번 애써 덮기 바빴다. 분노가 가득 찬 마음으로 헬스장 트레드밀 위를 전력으로 뛰고 내려와도, 상쾌한 기분이 전혀 들지 않았다. 트레드밀의 기울기를 크게, 강도를 더 세게 조정해도 소용없었다. 땀은 한 바가지 흘렸지만 답답한 마음은 해소되지 않았다. 비가 오더라도, 속도를 빠르게 내지 못하더라도 그냥 밖에서 뛰어 볼까 몇 번 고민했지만, 출근길에 어이없게 넘어졌던 일을 떠올리면 쉽게 발이 떨어지지 않았다. 온종일 비가 오는 것도 서러운데

거기에 더해 부상까지 당하면. 설은 세차게 고개를 가로저었다. 정말 올해 여름은 너무한다 싶다.

기온이 영하로 떨어지거나 폭염이 극성인 건 버틸 수 있다. 하지만 하늘에서 뭐가 내리면 그 자리에서 페이스를 늦추거나 아예 멈춰야 한다. 설은 지난겨울, 이른 봄꽃이 필 때까지 시내 곳곳을 가득 채웠던 잿빛 눈덩이들을 기억하고 있다. 겨울에 눈이 많이 내리면 그만큼 여름에 큰비가 온다는 속설이 진짜일까. 이대로 가을까지 이상기후가 이어진다면 남은 대회도 줄줄이 취소될 게 분명하다. 올여름은 진짜 망했구나, 싶었다. 달리기는 이래서 문제다. 언제 어디서든 두 다리만 준비되어 있다면 쉽게 할 수 있는 운동이지만, 날씨의 영향을 너무 많이 받는다. 비나 눈이 오면 속수무책인데, 그렇다고 서울 시내에 마땅한 실내 트랙을 갖춘 곳이 있는 것도 아니다. 누가 실내 달리기를 위해 작은 운동장만 한 크기의 공간을 할애하겠는가. 그냥 트레드밀 몇 대 설치하고 말지.

설은 카오디오 라디오에서 나오는 뉴스를 들으며 퇴근하고 있었다. 57분 교통정보 뉴스가 시작되고 경인고속도로로 진입이 불가하다는 이야기가 나오자마자, 설은 완전히 잊고 있던 장소 하나를 생각해 냈다. 경인고속도로, 인천. 그래, 실내에 운동장을 들여놓은 장소가 딱 하나 있었지.

워밍업

송도 트라이센터. 트레드밀은 최소화하고 커다란 트랙을 실내에 설치했다는 곳. 작년에 서울 소재 학교의 우레탄 트랙들에서 기준치 이상의 중금속이 발견되어 전면 교체를 하느니 마느니 공방이 이루어지던 때, 트랙의 납 수치를 기준치 이하로 엄격하게 유지하고 일부 구간은 혼합 마사토 트랙으로 교체하겠다고 목소리를 높여 홍보하던 곳. 설은 그 기사에 달린 댓글을 아직도 기억하고 있다. 돈지랄도 가지가지라며 인천에 이런 게 생긴다고 한들 누가 이용하겠느냐는 말, 송도 주민을 위한 근린공원이나 확충하라는 욕, 인천시의 세금이 어떻게 쓰이는지 조사해 봐야 한다는 말, 욕, 말.

올여름 날씨가 예년과 비슷했다면 설은 그 기사를 새삼 되새기지 않았을 테다. 인천은 멀기도 하거니와 빗길 운전은 그리 유쾌하지 않은 일이 될 것이 분명하다. 하지만 지금은, 그러니까 뭐라도 해야 했다. 운전을 두 시간을 하든 세 시간을 하든, 비가 한 방울도 내리지 않는 곳에서 달릴 수 있다면 설은 영혼이라도 팔겠노라 맹세하고 싶은 지경이었다. 우레탄이든 마사토든 흙 자갈이든 상관없었다. 트랙 관리 상태가 형편없다 해도 눈감아 줄 수 있었다. 온몸에 물 한 방울 묻히지 않고 달릴 수 있다는 것이 보장되는 공간이라면, 수 시간 운전을 주저할 이유가 없었다.

설은 영혼을 파는 대신 송도 트라이센터의 7만 원짜리 화요일 종일권을 결제했다. 예약을 마치고, 조심스레 신발장을 열어 가장 구석에 놓인 허리케인 운동화를 꺼냈다. 비닐에 싸여 먼지 하나 묻지 않은 허리케인이, 빛나는 형광색 바닥을 오랜만에 드러내는 순간이었다.

　'대박'이라고밖에는 달리 표현할 방법이 없었다. 설은 트랙이 길게 뻗어 있는 지하 4층 구석구석을 들여다보면서 대박, 대박, 이란 말을 연신 저도 모르게 내뱉고 있었다.

　설은 좀 전에 트라이센터 입구에 들어서자마자 건물의 바닥을 유심히 살폈다. 건물의 높이나 크기는 중요하지 않았다. 멋스럽게 만든 클라이밍 암벽도 눈에 들어오지 않았다. 오직 바닥의 넓이만이 관심사였다. 딱 봐도 1층은 중·고등학교 운동장만한 넓이. 그렇다면 러닝 트랙은 이것보다 조금 더 작거나 큰 수준일 거라고 짐작했다. 대개의 스포츠센터 지하층은 지상층의 면적을 토대로 만들어지니, 어림잡아 1층과 비슷한 넓이의 바닥에 지하층의 시설들이 들어와 있을 거라 생각했다. 하지만 엘리베이터를 타고 도착한 지하 4층의 러닝 트랙은, 지상층의 두 배에 달하는 면적, 조금 과장해 잠실 보조 경기장 정도의 크기를 자랑하고 있었다.

워밍업

'이렇게 넓게 짓는 게 가능한가?'

　적갈색 트랙 바로 옆에 가방을 내려놓고 발목을 돌리면서, 설은 생각했다. 러닝 전용 층의 넓이는 트라이센터 바깥이나 1층에선 상상도 할 수 없는 수준이었다. 러닝 전용 층 넓이가 이 정도라는 건 바로 위에 있는 사이클 전용 층이나, 바로 아래 있는 수영장 규모도 마찬가지라는 말이다. 설은 양손을 깍지 끼고 있는 힘껏 위로 올려 스트레칭하면서, 천장 여기저기와 천장을 받치고 있는 기둥들을 곁눈질로 살폈다. 특이점은 보이지 않았다. 물론, 설의 눈에만 보이지 않는 걸 수도 있겠다 싶었다. 그렇게 오래 공사를 하고 체육 공단이나 시청이나 할 것 없이 전방위적으로 홍보를 한 곳이라면, 뭐 튼튼하게 지었겠지. 설은 오른쪽 아래로 목을 가볍게 누르며 몸을 기울였다. 우측으로 기울어진 설의 시야에 깜박거리는 주회 표시기가 들어왔다. 설은 스트레칭을 마무리한 후 몸을 가볍게 털며, 멀리 놓인 주회 표시기를 향해 천천히 걸어갔다. 그 순간, 누군가 뒤에서 설의 왼쪽 팔을 스치듯 치고 지나갔다.

　"아, 되게 걸리적거리네."

　한마디 말을 내뱉은 남자는 설을 짧게 바라보고는 툴툴거리며 트랙 안으로 종종 뛰어갔다. 설은 왼팔을 어루만지며 자신이 서 있는 위치를 확인했다. 걷다가 저도 모르게 트랙 안쪽으로 들어왔나 급히 확인했다. 하지만 설이 서 있는 곳은 트랙 레인이 아닌 대기 장소였다. 설은 짜증이 가득 섞인 눈으로 자신을 치고 간 남자를 스캔했다. 8번 트랙에서 달리는 것 같지만 계속 궤도를 벗어나고 있고, 얼핏 보면 속도가 제법 빠른 것 같지만 숨이 헐떡이는 소리가 여기까지 들리는 걸 보니 초보가 분명하다. 그런 와중에 매너도 완전 바닥이고. 여기 1번부터 3번 트랙까지는 오늘 예약한 사람이 없다고 하던데. 저것 보게, 또 갈지자로 뛰는구만. 속도가 느려지고 스텝이 꼬이고 있다.

남자는 몇 초 후 거친 숨소리를 내며 바닥에 널브러져 누웠다. 설은 남자에게 시선을 고정한 채 고개를 가로저었다. 반으로 몸을 접고 헐떡거리는 남자는, 머리부터 발끝까지 새것으로 중무장하고 있었다. 설은 저런 부류를 잘 알고 있다. 그동안 러닝을 하면서 무수히 마주했던 타입의 사람들, 나를 위해서가 아니라 남에게 보여 주기 위해서 달리는 사람들. 자신의 한계점을 제대로 파악하지 못해 처음부터 무작정 빠른 속도를 내는 일에 매진하다 부상당하고, 그 뒤 얼마 지나지 않아 '달리기, 그거 아주 무리가 가는 운동이다'라며 뛰는 걸 그만두는 사람들. 혹은, 그저 여자가 앞에 있으면 따라잡고 싶어 무리하게 페이스를 올리는 사람들. 설이 생각하기에 바닥에 널브러져 있는 저 남자는 평소에도 마주

워밍업

치고 싶지 않을 정도의 단점을 보유한 사람인 듯했다. 누군가 저 남자에게 주의하라고 경고하길 바랐지만, 공간 내의 몇 되지 않는 다른 사람들은 트레드밀 위를 달리고 있거나 다른 쪽을 바라보고 있었다. 남자는 움직일 기미가 없었고 남자가 누워 있는 곳은 설이 예약해 둔 세 개 트랙의 정중앙이었다. 짜증 나지만 별수 있나. 설은 미간을 찌푸리며 여전히 헐떡이는 남자를 향해 손을 들고 소리쳤다.

"거기, 중간에 그렇게 누워 있으면 안 돼요. 나오세요. 여기 제가 예약했어요."

설의 목소리에 남자는 흠칫 놀랐으면서도, 애써 태연한 척하려 아주 천천히 움직이고 있었다. 설은 굼뜨게 움직이는 남자의 팔과 다리를 보며 한숨을 쉬었다. 저 새끼가 2번 레인에서 나오면 바로, 준비를 시작하자. 설은 왼쪽 손목에 차고 있는 스마트워치의 스타트 버튼을 길게 누르고, 남자의 왼쪽 다리가 2번 레인에서 빠져나오기만을 기다렸다. 그리고 거슬리는 남자의 노란색 운동화가 레인을 벗어나자, 망설임 없이 스타트라인을 박차고 나섰다. 레인 안쪽에 앉아 설을 바라보고 있는 남자가 시야에 가득 들어온 순간, 설은 기다렸다는 듯 그와 눈을 마주치며 말했다.

"걸리적거리게, 증말."

남자는 설을 향해 할 말이 있다는 듯 무릎을 굽

히고 일어나려 했지만, 제자리에 또다시 풀썩 쓰러졌다. 설은 어깨 너머로 바닥을 벗어나지 못하는 남자를 한번 바라보곤, 웜업의 첫 바퀴에 집중했다. 센터의 직원인 듯한 사람이 남자를 향해 성큼성큼 걸어가는 게 보였다. 설은 웜업이 끝날 때 즈음엔 그와 다시 마주하지 않게 되기를 바랐다. 무엇보다, 지금은 휴가 기간이 아닌가. 평소에도 한 무더기씩 마주하는 부류를 휴가 기간에, 이 먼 인천까지 와서 만나고 싶진 않았다. 웜업을 마치고 다시 제자리로 돌아올 때까지 남자가 자리를 지키고 있으면 1층 데스크에 전화해 불만을 토로할 생각이었지만, 남자는 곧 지친 다리를 비틀거리며 샤워장 쪽으로 사라졌다. 설은 그대로 한 바퀴를 더 차분하게 달렸다.

웜업 두 바퀴의 페이스는 나쁘지 않았다. 오히려 몇 주 달리기를 쉰 것치곤 놀라울 정도로 빠르고 안정된 페이스였다. 설의 스마트워치가 '1'이라는 숫자를 반짝이며 웅웅 울렸다. 설에게 본격적인 달리기는 언제나 1km를 달린 이후부터였다. 어디서든 1km를 먼저 가볍게 달리고 난 후에야, 비로소 본게임에 들어가곤 했다. 하프 마라톤에서든 풀 마라톤에서든 트레일에서든 설의 규칙은 바뀌지 않았다.

설은 1km 알람이 울리자마자 바로 멈췄다. 언제

워밍업

나처럼 짧은 거리라고 느꼈지만 오늘은 뭔가 달랐다. 지난 몇 개월 동안의 웜업 페이스보다 무려 20초나 더 빨랐다. 설은 스마트워치의 화면을 돌려 심박수를 확인했다. 특이한 점은 없었다. 오히려 몹시 안정적이라고 해야 할까. 설은 발을 털며 고개를 갸우뚱했다. 이 정도 웜업 페이스는 평소 가볍게 나가는 대회 페이스와 거의 비슷한 수준인데. 오랜만에 비를 맞지 않고 달려 기분이 좋아서일까, 아니면 트랙에 널브러져 있던 진상 남자 때문에 열의가 솟아서일까. 장마가 이어지는 동안 트레드밀 위를 달리긴 했지만 밖에서 제대로 뛰진 못했기에, 평소에 비해 속도는 더 느려져야 마땅하고 숨이 더 차는 게 당연하다. 하지만 지금 설의 컨디션은 그 어느 때보다 더 좋았다. 설은 양팔을 가볍게 붕붕 휘두르며 100m 직선 트랙 앞으로 걸음을 옮겼다.

설은 단거리 전력 질주를 평소에 즐겨 하지 않았다. 설의 특기는 오래 달리는 것이었으니까. 그런데 이상하게도, 오늘만큼은 100m 단거리 최고 기록에 도전해 보고 싶었다. 몇 년 동안 깨지지 않았던 그 몇 초의 기록을 넘을 수 있을까. 설은 약간 긴장한 상태로, 100m 트랙의 스타트라인 가까이에 발을 올렸다. 자기도 모르게 어깨에 힘이 들어가는 듯해서 의식적으로 상체를 두어 번 털었다.

'오늘이라면 가능할 것 같다.'

설은 생각을 비우고 몸 전체를 가만히 숙였다. 미리 설정해 둔 스마트워치의 타이머가 울리자마자 바로 튀어 나갈 계획이었다. 설은 머릿속으로 숫자를 세었다. 5, 4, 3, 2….

워치의 타이머가 0을 알리는 순간, 설은 허벅지에 힘을 주었으나 앞으로 나가지 못했다. 타이머 알람과 동시에, 설의 뒤쪽에서 비명이 들렸기 때문이다. 설은 선 자리에서 주춤하며 고개를 뒤로 돌렸다.

아무도 없었다. 설은 잘못 들은 건가 싶어 주변을 둘러봤다. 남자와 직원은 보이지 않았고, 멀리서 트레드밀 위를 뛰는 사람이 한 명 있었는데 그는 헤드폰을 쓴 채였다. 설은 잠시 기억을 더듬었다. 환청이라 하기엔 너무 명확한 비명이었는데. 아니, 비명이라기엔 너무 선명한, 뭔가가 떨어지면서 내는, 그런 기분 나쁜 소리였다.

설은 샤워실 쪽으로 향했다. 아까 그 남자가 안쪽에서 무슨 사고라도 냈나 싶어, 남자 샤워실과 여자 샤워실을 가르는 기둥 앞에서 서성이며 안쪽에서 나는 소리에 온 신경을 집중했다. 하지만 아무것도 들리지 않았다.

너무 긴장해서 정말로 환청이 들린 걸까. 설은 마른침을 삼켰다. '긴장'이라는 단어를 떠올리자마자 갈증이 느껴져, 바닥에 놓인 가방 안쪽에서 핸

워밍업

드폰과 지갑을 꺼내 샤워실 근처에 있는 자판기 앞에 섰다. 500mL짜리 포카리스웨트 하나를 구매한 후, 설은 몸을 숙인 채 포카리스웨트 페트병이 자판기 아래쪽으로 떨어지기를 기다렸다.

- 텅

음료가 자판기 바닥에 떨어지는 소리가 남과 동시에, 바닥이 울렸다. 엉거주춤하게 앉아 있던 설의 몸이 흔들렸다. 이번엔 분명히 들었다. 이건 진짜다.

설은 바닥에 널브러진 가방을 급히 들고, 자리에서 벌떡 일어났다. 트레드밀 위의 여자는 계속 발을 구르고 있었다. 설은 가방을 대충 멘 채, 트레드밀 쪽으로 걸음을 옮겼다. 그러자 설의 뒤에서 또다시 소리가 들렸다.

-- 터엉

가까이서 나는 소리가 아니었다. 위층 어딘가에서 유리 같은 게 깨지는 소리인 것 같았다. 아까 들었던 비명이 아주 희미하게 반복해서 들리는 듯했다. 무언가가 바닥을 치는 듯한 소리도 들렸다. 설은 조심스럽게 소음이 반복해서 나는 쪽으로 향했다. 에스컬레이터 근처였다.

에스컬레이터의 작동은 멈춰 있었다. 설이 타고 내려온 엘리베이터는 멀리 있었지만, 분명 그것도 고장 났거나 꺼져 있을 것 같았다. 조명들이 켜져 있으니 정전은 아니었다. 설은 움직이지 않는 에스컬레이터 벨트에 기대어 벨트 오른쪽을 살폈다. 에스컬레이터는 지하 5층에서 지하 4층까지만 이어져 있는 모양이었다. 그보다 더 위로 올라가는 에스컬레이터는 다른 쪽에 있는 듯했다.

순간, 설의 다리 아래쪽에서 누군가 설을 불렀다.

"저기요!"

설은 반사적으로 몸을 틀어 목소리의 주인을 확인했다. 지하 5층에서 지하 4층으로 올라오는 에스컬레이터의 레일 끄트머리에서, 젖은 단발머리에 하얗게 질린 얼굴의 허진이 가까스로 매달리듯 서 있었다. 진의 발 바로 아래에는 잿빛 탁한 물이 일렁이고 있었다. 설은 눈을 동그랗게 뜬 채 진과, 물 외에는 아무것도 보이지 않는 진 너머의 지하 5층 쪽을 바라봤다.

오른쪽 손목이 요란하게 진동했다. 진은 손목의 진동을 느끼자마자, 바로 물 밖으로 고개를 내밀었다. 가쁜 숨을 여러 번 나눠 쉬었다. 스마트워치의 진동이 계속 이어졌다. 1500m 수영을 방금 마무리했다는 알람이 아니었다. 1500m 개인 신기록 알람이었다. 진은 워치에 저장된 기존 기록을 6초 앞당긴 새로운 기록을 나타내는 숫자들이 반짝이

워밍업

는 걸 한동안 바라봤다. 직선거리 1500m를 쭉 수영한 것이 아니기에, 중간중간 턴하는 짧은 시간을 포함하면 최단 기록보다 10초는 더 늘어난 기록이 나와야 정상이다. 그런데 아니었다.

물 때문인가? 샤워실에 들어와서 가볍게 샤워를 하면서도 진은 계속 적당히 미끈거리던 물의 질감을 생각했다. 장거리 수영이 오랜만이라 의욕이 넘쳐서 기록이 단축된 건가, 아니면 사람이 없어서 그런가. 진은 몸을 씻고 머리를 말리면서 계속 주위를 둘러봤지만, 수영장 이용객은 진 한 사람뿐이었다.

머리에 물기가 남았지만, 배에서 나는 꾸르륵 소리가 점점 크게 들렸고 급격한 허기가 몰려왔기에 걸음을 지체할 수는 없었다. 밖으로 나왔다 해도 어차피 실내라 감기에 걸릴 일은 없을 테다. 진은 위층에 올라가 간단히 허기만 달랜 후 다시 내려와 슈트 수영을 시작할 셈이었다. 드라이 백 안에 에너지바 몇 개가 있지만, 그걸 먹긴 싫었다. 트라이센터 지하 1층에 근처 직장인들이 부러 찾는 샐러드 바가 있다는 정보를 포털 리뷰를 통해 미리 체크해 두었다. 가볍게 끼니를 해결한 후 내려와 다시 수영하고, 그러다 시간이 남으면 다른 층도 둘러볼 예정이었다.

대충 옷을 입고 운동화를 구겨 신은 채 샤워실

을 나서려던 진은, 무언가 허전함을 느꼈다. 아, 드
라이 백. 슈트와 핸드폰, 예비 수모와 수경, 너츠 바
등 자잘한 물품을 잔뜩 욱여넣은 드라이 백을 잠수
풀 옆 공간에 두고 왔다는 사실을 깨달았다. 잠수
풀 내부를 확인하느라 그 공간에 서서 안쪽을 보다
가 거기 그냥 백을 놓고 와 버린 것이다. 진은 신고
있던 운동화를 벗어 왼손에 든 채, 수영장과 샤워
장 사이의 연결 통로에 서서 잠시 고민했다. 원래
수영복 외의 다른 복장으로 수영장을 출입하는 건
실내 수영장 어디서든 불가했다. 귀찮은데 그냥 두
고 올까? 하지만 그러자니 드라이 백 안에 있는 슈
트를 도둑맞을까 봐 걱정되었다. 수영장에 사람이
없으니, 잠깐 정도는 괜찮지 않을까? 진은 뒤돌아
샤워장과 샤워장 너머의 출구 쪽을 다시 한번 확인
했다. 아무런 기적도 느껴지지 않았다.

　진은 수영장으로 나가는 문을 몸통으로 조심스
레 밀고 종종걸음으로 주황색 드라이 백 근처를 향
해 다가갔다. 공기를 몇 번 불어 넣어 통통하게 부
푼 드라이 백이 형광등 불빛을 받아 번들거리고 있
었다. 진은 드라이 백을 들어 무의식적으로 안쪽
을 확인했다. 매끈한 재질의 검은 스윔슈트, 그 안
쪽에는 빨간 봉지에 든 에너지바, 그리고 그 옆에
는….

　어? 발끝에서 느껴지는 이상한 촉감에 소스라치

워밍업

게 놀란 진이 급히 아래쪽을 확인했다. 진의 발가락 사이사이로 적갈색의 물이 모이고 있었다. 어? 당황한 진은 왼손에 들고 있던 운동화를 옆구리에 끼고, 펄쩍 뛰듯 한쪽 발을 높게 들어 올렸다. 잘못본 게 아니었다. 어디선가 흙탕물이 흘러와서 진의두 발과 수영장 바닥을 적시고 있었다. 진은 급히고개를 들어 수영장 천장을 확인했다. 한쪽 구석에서 정체를 알 수 없는 액체가 흘러나와 흰색의 매끄러운 타일을 타고 흐르는 중이었다. 계속해서 진의 발가락 사이에 고였다 흘렀다를 반복하는 발아래 흙물과 같은 액체인 것으로 보였다.

진은 재빨리 고개를 양쪽으로 돌려 벽들을 확인했다. 수영장의 모든 벽에서, 정체를 알 수 없는 흙물이 나오고 있었다. 마치 분수에서 솟구쳤던 물줄기가 줄줄 흘러 내려오듯, 여러 갈래로 나뉜 흙탕물이 수영장 아래로 고이고 있었다. 사방이 눈이 부시도록 희었던 수영장 내부는 천장에서 쏟아지는 흙물에 뒤덮여 회색과 적갈색 벽지를 덕지덕지 바른 것처럼 금세 지저분해졌다. 천장에서 내려온 탁하고 끈적한 물줄기는 곧 푸른빛을 반짝이던 수영장 레인 안쪽으로 들어가 섞였다. 진의 바로 옆에 자리한 잠수 풀 또한 삽시간에 흙빛으로 바뀌었다. 흘러든 물은 배수구로 빠지지 않고 계속 바닥에 고였다. 진의 발목 사이로 검은 고무 조각 같은게 둥둥 떠다녔다.

이게 도대체 무슨 상황이지. 진은 정신이 몽롱해졌다. 발밑을 기분 나쁘게 스치는 흙탕물을 밟고 서서, 꿈을 꾸고 있는 게 아닐까 잠시 생각했다. 순간 텅, 하고 온몸을 울리는 커다란 소리가 들렸다. 무언가 주저앉는 듯한 이상하고 기분 나쁜 소리. 그 소리를 듣고 나서야, 진의 몸이 비로소 움직였다.

나가야 해. 여기서 나가야 해.

하지만 어디로? 어떻게? 진은 주춤했다. 잿빛 물줄기가 벽을 타고 내려오는 속도가 조금 더 빨라졌다. 진은 반사적으로 샤워실을 향해 몸을 기울였다. 그쪽에 엘리베이터가 있지만, 이런 상황에서 작동될 리 없다. 진은 수영장을 빠르게 훑다가 초보자용 레인 너머 투명한 유리 벽 바깥의 에스컬레이터를 발견했다. 데스크 직원이 했던 말이 생각났다. 에스컬레이터를 타고 지하 5층으로 내려가면 유리 벽 너머로 수영장 안이 훤히 보여, 마치 바닷속으로 들어가는 느낌이 들 거라고 호들갑을 떨었었다. 에스컬레이터가 작동할지는 모르겠지만, 투명한 유리 너머는 적어도 수영장 안쪽보단 안전할 것 같았다.

진은 에스컬레이터 쪽으로 길게 뻗은 샤워실 옆의 통로를 향해 맨발로 어기적 걸었다. 이제 발목 아래에 무엇이 있는지 알아볼 수 없게 되었다. 자칫 돌이나 유리 조각을 밟을 수도 있다는 생각에,

워밍업

진은 바닥을 발로 쓸되 최대한 빠른 속도로 걸었다. 가끔 끈적거리는 무언가가 발바닥에 붙었다가 떨어졌지만, 진은 애써 무시했다.

에스컬레이터로 향하는 샤워실 통로 안쪽에는 아직 흙탕물이 들어차지 않았지만, 안도할 수는 없었다. 진은 앞으로 걸어가며 투명한 유리 벽 바깥으로 보이는 수영장을 계속해서 주시했다. 수온과 염도를 알리는 작은 안내판은 꺼진 지 오래였다. 천장 제일 안쪽에 붙어 있는 작은 형광등이 깜박였다. 곧 전기가 나갈 수도 있겠다는 생각이 반사적으로 들었다.

전기. 소름이 등줄기를 타고 목 언저리까지 올라왔다. 전기를 생각하지 못했다. 이 건물이 얼마나 큰지 잊고 있었다. 이런 커다란 건물이 태양광발전기에 의해 돌아가진 않을 거다. 진은 센터 입구 근처에 있던 작은 송전탑 몇 개를 떠올렸다. 센터 입구에서 지하층의 클라이밍 암벽을 비추고 있던 거대한 전등이 뒤이어 떠올랐다. 진은 지금 물이 가득한 곳에 있었다. 자칫하다 감전이 된다면 큰일이다. 전기. 그걸 잊고 있었다.

통로의 유리 벽이 얼마나 더 버틸 수 있을지 예상할 수 없었다. 벌써 바닥에는 문틈을 통해 들어온 적갈색 물줄기가 하나둘씩 늘어나기 시작했다. 여기는 지하 최저층이다. 건물 전체에 문제가 생겨 만에 하나 천장이 내려앉기라도 한다면. 그 아래 깔려 감전이 되기라도 한다면. 진의 등에서 식은땀이 흘렀다. '데스티네이션' 시리즈에서 주연들이 차례차례 죽음을 맞이하던 장면들이 빠르게 머릿속을 스쳐 지나갔다.

수영장은 순식간에 좀 전보다 더 어두워졌다. 진은 에스컬레이터 앞에 다다라 에스컬레이터의 고무벨트에 가만히 손을 올렸다. 에스컬레이터는 한쪽 방향, 올라가는 쪽으로만 길게 뻗어 있었다. 센서로 작동되었던 것 같은데 지금은 작동되지 않았다. 진은 고무벨트에 기댄 채, 목을 빼고 지하 4층을 올려다봤다. 위층이 자전거 전용 층이었는지 러닝 전용 층이었는지 기억나지 않았다. 뭐가 되었든 물바다인 여기보단 나을 거라 생각했다. 위층은 난리가 난 이 아래와는 다르게 평온해 보였다. 어쩌면, 지하 5층만의 문제일 수도 있겠다 싶었다. 진은 숨을 한번 고르고, 천천히 에스컬레이터 계단으로 발을 올렸다.

진은 그제야 자신이 줄곧 맨발로 다녔다는 사실을 깨달았다. 두 짝의 운동화가 진의 왼쪽 옆구리에 계속 끼어 있었다. 진은 옆구리에서 운동화를 꺼내 에스컬레이터 위에 올려놓고, 저린 왼팔을 두세 번 돌렸다.

진이 발을 털며 운동화를 신으려고 고개를 숙인

순간, 묵직한 진동이 진의 두 다리를 타고 올라 상체까지 전해졌다. 몸을 뒤로 돌려 수영장 쪽을 확인하는 진의 시야에, 장판 뜯기는 소리를 내며 금이 가기 시작한 유리 벽이 들어왔다. 진은 운동화를 다시 손에 들고, 세로로 홈이 촘촘하게 파인 에스컬레이터 계단을 밟으며, 미친 듯이 위로 뛰어올랐다.

발바닥이 아렸지만 또다시 진의 뒤에서 무언가 떨어져 내리는 소리가 들렸기에, 진은 멈추지 않고 헐떡거리며 계단을 밟았다. 지하 4층 바닥이 보일락 말락 하는 순간, 진의 앞에서 사람 한 명이 왼쪽 위로 빠르게 사라졌다. 머리를 길게 뒤로 묶은 여자 같아 보였다. 헉헉대는 숨을 애써 감추며 진은 소리쳤다.

"저기요!"

호흡을 고르면서도 걸음을 멈추지 않은 채 다급하게 외치는 진의 앞에, 포니테일로 머리를 묶고 연보라색 줄무늬 밴드를 이마께에 두른 설이 나타났다. 진의 눈길이 불빛을 받아 반짝이는 설의 긴 적색 머리카락에 머물렀다.

진과 설, 두 사람은 동시에 머릿속으로 커다란 물음표를 띄웠다.

'왜, 이 사람이 왜 여기 있지?'

"천천히, 천천히!"

무리 맨 앞에 있던 사람이 외쳤다. 자전거를 타고 질주하던 사람들의 속도가 일순 느려졌다. 선두에서 사고가 일어난 모양이었다. 멈춰 선 자전거들 틈새로 웅성거리는 소리가 들렸다. 진과 설도 동시에 브레이크를 잡고 자전거를 멈췄다.

"무슨 일이야? 앞에 사고 났어?"

뒤쪽에서 출발한 무리 중 목소리가 큰 사람 몇이 앞으로 걸어와 상황을 확인했다. 진은 앞에 있는 전광판 속 시계를 바라봤다. 시간은 멈추지 않고 계속 흐르고 있었다. 사람들은 곳곳에서 진행 요원을 불렀다.

드래프팅

설은 고개를 슬쩍 내밀고 앞의 상황을 바라봤다. 다섯 대 정도의 자전거가 쓰러져 있었고, 두 명이 팔꿈치와 무릎에 피를 흘리고 있었다. 뒤에서 진행 요원이 달려오는 소리가 났고, 멀리서 구급차 소리가 희미하게 울렸다. 요원들은 경기를 재개하기 위해 자전거를 먼저 도로 밖으로 치우고 있었지만, 자전거끼리 충돌하면서 떨어진 부품과 잔해들 때문에 고전하는 듯 보였다.

한껏 격앙된 사람들이 양옆 앞뒤에서 떠들어 댔다. 진은 가까이서 들리는 사람들의 목소리에 신경 쓰지 않으려 애를 썼다. 어차피 진은 순위권 따위엔 미련 없었다. 게다가 진이 오늘 해야 하는 일은 이미 모두 마친 셈이었다. 수영, 자전거, 그리고 남은 건 달리기다. 이미 첫 종목인 수영에서 기록을 세웠으니 나머진 사실 어떻게 되어도 상관없었다. 완주만 한다면 말이다.

"원래 3종 경기에선 이런 일이 자주 일어나나요?"

바로 옆에서 숨을 고르고 있던 설이 불쑥, 진에게 물었다. 진은 순간 당황해서 설의 반대쪽으로 몸을 길게 뻗었다. 머쓱해진 설이 고개를 돌려 진을 바라봤다.

"그게, 저도 잘 몰라요. 3종 경기는 처음이라."
"어, 저도 처음인데. 신기하네요."

설이 진을 보며 미소 지었다. 헬멧 아래로 삐져 나온 적갈색 머리가 촉촉하게 젖어 있었다. 진은 설과 설의 자전거를 빠르게 훑었다. 설이 좋아한다 는 붉은 계열의 색을 여기저기 그러데이션 처리한 자전거였다. 설은 자전거와 비슷한 색상의 사이클 슈트를 입고 있었다. 물통과 자전거 핸들의 바테이 프까지, 모든 게 전부 같은 계열의 색이었다. 진은 원래부터 빨간색을 좋아했다는 설의 인터뷰를 떠 올렸다. 설의 인스타그램과 설이 운영하는 블로그 인 '달리는 딜러'도 붉은색으로 도배되어 있었다. 쨍하게 촌스러운 느낌은 아니었지만, 어디에나 빨 간색이 있으니 좀 이상해 보이기는 했다. 진은 튀 고 싶어 저러는 건지 아니면 진짜로 좋아해서 저러 는 건지 알 수 없다는 생각이 들어 늘 흐린 눈으로 설의 SNS를 둘러봤다.

"수영 기록은 괜찮으셨어요?"

설이 다시 진에게 물었다. 진은 이번엔 설을 똑 바로 바라보며 답했다.

"그럭저럭요."

아하, 라고 짧은 혼잣말을 뱉으며 설이 고개를 짧게 끄덕였다. 곧이어 경기를 재개한다는 휘슬이 앞에서 두 번 울렸고, 설과 진은 바로 페달을 밟으 며 출발했다. 설이 눈인사를 건넸고 진도 설을 보 며 말없이 크게 고개를 꾸벅였다.

드래프팅

진은 핸들을 이리저리 움직이며 생각했다. '그럭 저럭'이라고? 아니, 그건 오픈 워터에서 낼 수 있는 최고의 기록이었다. 새벽 일찍 공지된 수온은 최적의 상태였다. 바람 한 점 없는 날씨에 미세먼지 농도가 낮아, 이런 날에 대회가 열리는 건 손에 꼽힐 만큼 운 좋은 일이라며 대기하던 선수들이 저마다 떠들어 댔고 진도 그 옆에서 고개를 끄덕였다. 함께 참가하기로 한 수영 클럽 '이태원 돌핀즈' 사람들 절반이 참여하지 못했지만, 나머지 사람들도 출전했다면 분명 진의 기록을 보고 놀랐을 것이다. 반환점을 지나 다시 스타트라인을 터치한 직후 물 위로 올라온 진의 귓가에 엄청난 함성과 탄성이 들렸다. 진은 그 순간을 평생 기억할 거라 다짐했다. 손목에 찬 스마트워치의 요란한 진동과 형형 색색으로 반짝이는 화면. 그건 진이 평소보다 기록을 앞당겼음을 의미했다. 누군가 진의 이름을 부르며 여성부 최단 기록이라고 외치는 소리가 들렸다. 터질 듯한 심박을 잠재우며 진은 되뇌었다. 아무렴 그렇겠지. 이렇게 힘든데, 이렇게 숨이 찬데 말이지. 당연히 기록이 좋을 수밖에 없고말고. 아무렴.

그럼에도 불구하고 설에게 대충 말한 건, 설이 수영을 잘하는지 어떤지 잘 모르기 때문이기도 했고, 무엇보다 설에게 몇 초를 단축했느니 기록이 얼마나 나왔느니 하는 이야기를 하기 싫었기 때문이었다.

"재수 없어."

여느 때와 마찬가지로, 그 말이 진의 입에서 튀어나왔다. 설은 유튜브와 인스타그램에서 보여 준 것과 꼭 같은 모습을 하고 있었다. 엄청 예쁜 편은 아니지만 특유의 미소 가득한 표정 때문에 사람들에게 호감을 주었다. 그리고 설은 누구에게나 친절했다. 러닝계의 인플루언서로 활동한 지 오래인 설의 인스타그램과 블로그, 유튜브에는 늘 수많은 댓글이 달렸다. 설은 그 댓글들을 하나도 빼놓지 않고 확인해 대댓글을 달아 주었다. 어떤 때는 종일 인스타그램만 붙들고 있는 게 아닐까 싶을 정도로, 사람들의 관심에 대한 반응이 빨랐다. 유튜브 라이브 스트리밍과 인스타 라이브 방송을 몇 번 곁눈질로 시청했는데, 설은 언제나 부드러운 태도와 친절한 미소를 고수했다.

'애초에 저렇게 태어난 것 같아. 그리고 저 사람은 뭘 해도 잘할 거야.'

진의 수영 기록 따위, 아니 정확히 말하자면 진의 존재 따위를 설이 신경 쓸 리 없다. 설은 진과는 다른 세계에 속한 사람이니까. 진은 저도 모르게 '부럽다'고 생각했다. 인정하기 싫지만, 이미 설의 SNS를 보며 수도 없이 한 생각이다. 분명 수영 기록도 상위권일 테다. 설의 SNS는 달리기로 도배되어 있었지만 간간이 수영과 자전거에 대한 게시물도 있였다. 설이 좋아하는 색의 수영복을 입고, 수영장 한가운데서 포즈를 취하고 있는 사진의 '좋아요' 수가 엄청 많았던 것으로 기억한다. 진은 그 사진 속의, 탄탄하게 균형 잡혀 있는 설의 몸매를 떠올렸다. 진과 같은 듯 다른 근육의 형태를 생각했다.

자전거끼리 뒤엉킨 소동이 정리되자마자 설이 진보다 조금 더 빨리 출발했으나, 두 사람은 서로의 옆에 붙어 앞서거니 뒤서거니를 반복하고 있었다. 자전거 구간 시작점에서 진의 기재 트러블만 일어나지 않았어도, 진과 설은 만날 일이 없었을 테다. 두 사람과 비슷한 속도를 내고 있는 사람들이 설과 진의 주변에 붙어 자연스럽게 그룹을 형성했다. 설과 진은 그룹 속에서 몸을 숙이고 달리며 체력을 비축했다. 구름 한 점 없는 평온한 날씨라고 생각했는데, 자전거 위에 앉아 있으니 바람이 확실히 느껴졌다.

설은 허벅지가 불타는 듯 뻐근했지만, 시간을 지체할 수 없었다. 설의 수영은 말 그대로 '완전 망했다'의 연속이었다. 설은 자전거에 집중하려 했지만, 서늘하고 미끈한 물의 촉감이 떠올라 가끔 몸서리를 쳤다. 부표에 집중하며 수영했음에도 설은 계속 사선으로 떠내려가기만 했다. 그건 '수영'이라기보단 몸부림에 가까웠다. 다른 사람들은 물 안에 고개를 처박고 열심히 손과 발을 움직였으나,

설은 그럴 수 없었다. 자연스레 설의 속도는 점점 뒤처졌다.

조금씩 허우적거리며 앞으로 나가는 설의 옆을 빠르게 지나간 사람이 있었다. 돌고래. 그 모습은 마치 돌고래 같았다. 그 사람은 잠영을 하다가 물 밖으로 이따금 고개를 내밀었다. 설은 흐트러지는 호흡을 다잡으려 노력하며, 여자를 바라보았다. 자신의 반대편으로 길고 빠르게 이어지는 물줄기, 정확히는 그 사람의 발에서부터 뻗어 나가는 물살에서 눈을 뗄 수 없었다. 곧이어 멀리에서 박수 소리가 들렸다. 설은 고개를 돌려 뒤를 확인했다. 돌고래처럼 유영하던 여자는 사람들의 환호를 받으며 스타트라인 위로 올라와 수모를 벗고 있었다. 여자의 짧은 단발머리를 확인한 설은 다시 가쁜 호흡을 조절하며 팔다리를 움직이는 일에 힘을 썼다.

자전거 구간 종료 후, 설과 진 두 사람은 운동화를 갈아 신고 달리기 기록 계측이 시작되는 긴 선을 동시에 지나쳤다. 수영 구간에서 이미 시간을 많이 허비한 설에겐 1분 1초가 아쉬웠다. 설은 시작 지점의 계측 알람이 울리자마자 아무런 생각도 하지 않고 발을 굴렀다. 지금까지 수백 수천 번을 뛰었던 그대로, 설의 다리는 자동으로 움직였다. 설의 허벅지를 감싸고 있던 통증은 느껴지지 않았다. 적어도 달리는 동안만큼은 말이다.

드래프팅

운동화를 신은 설은 수영할 때와는 완전히 다른 사람이 되었다. 꺼져 있던 전등의 스위치를 켠 듯 방전되어 있던 설은 반짝이며 질주했다. 진은 스타팅블록에 스프링이라도 달린 듯 튀어 나가는 설을 바라봤다. 컷오프 시간이 얼마 남지 않았음을 알리는 알람음이 여기저기서 울렸지만, 진의 귀엔 들리지 않았다. 빠르게 멀어지는 설의 뒷모습을, 진은 그저 넋을 놓고 바라보았다. 어떻게 사람이 저렇게 달릴 수 있을까. 진은 설의 블로그인 '달리는 딜러'에서 읽었던 내용을 떠올렸다. 어릴 때부터 달리는 일이 즐거웠고 단 한 번도 달리기가 힘들다고 생각해 본 적 없다는 말. 굴곡진 지형의 바닷가 앞 동네에서 나고 자라 트레이닝을 하기 수월했다는, 설의 일기. 설은 이미 진의 시야에서 사라진 지 오래였다. 그제야 진은 달리기 스타트라인을 밟고 느린 걸음을 옮겼다.

"지금부터 컷오프 시작입니다!"

설이 대회 결승선을 넘고 얼마 지나지 않아 대회장에 안내 방송이 울렸다. 한데 모여 있던 요원들이 저마다 바쁘게 어딘가로 향했다. 설은 후들거리는 다리를 가까스로 진정시키며 스트레칭을 시작했다. 풀 마라톤도, 이보다 더 힘들지는 않았다. 설은 그래도 포기하지 않고 컷오프 직전에 간신히 골인한 스스로가 대견하게 느껴졌다. 수영 기록을 좀 더 앞당길 수 있었다면 좋았겠지만, 그건 무리였다. 다시는 철인 3종 따위엔 도전하지 않으리라 설은 다짐했다. 이번이 처음이자 마지막일 거라고 말이다.

진은 컷오프 시간을 훨씬 넘기고 나서야 결승선에 도달했다. 결승선 너머의 광장에는 많은 사람이 상기된 얼굴로 떠들며 쉬고 있었다. 진과 함께 결승선을 넘은 사람들은 저마다 좋지 않은 기록에 대해 아쉬움을 토로했다. 결승선을 넘고 나니, 발목과 종아리를 타고 올라오는 묵직한 통증이 새삼 느껴졌다. 진은 광장 중앙에 털썩 주저앉아 스트레칭을 하며 곁눈으로 설을 찾았다. 설은 광장 중앙에 서서 사람들과 인사를 나누고 있었다. 설의 적갈색 포니테일은 반쯤 풀려 있었고 설의 온몸은 진과 마찬가지로 땀에 젖어 번들거렸다. 하지만 오히려 그 때문에 한층 더 빛나는 듯 보이기도 했다. 진은 자신을 알아보고 인사와 먹을 것을 건네는 몇몇 사람들 틈에 앉아, 각 종목 기록의 합산 결과를 기다렸다.

행사 진행 요원이 광장 곳곳에 프린트된 경기 결과를 붙이자, 사람들이 몰려들었다. 광장 중앙에 있던 설과 광장 좌측에 앉아 쉬고 있던 진도 결과가 붙은 게시판으로 다가가 자신의 기록을 확인했다. 설은 달리기 최종 순위를, 진은 수영 최종 순위를 가장 먼저 훑었다. 세 가지 종목 종합 순위가 기록된 첫 번째 목록에서 조금 떨어진 위치에, 세부

드래프팅

종목 순위가 표시되어 있었다. 여성부 수영 1위 허진, 여성부 달리기 1위 김설. 두 사람 다 2위를 차지한 선수와는 무려 1분 30초 이상의 차이를 기록하고 있었다.

"수영 진짜 최고였어요, 허진 선수님!"

게시판 근처에 있던 누군가가 큰 소리로 진을 부르며 엄지를 치켜들었다. 그에게 꾸벅 인사를 건네는 진에게 모두의 시선이 꽂혔고, 동시에 설이 진쪽으로 고개를 돌렸다. 아, 저 여자구나. 같은 속도로 자전거 구간을 달렸던 단발머리 검은 슈트, 저 사람이 허진이구나. 그제야 설은 진을 알아봤다. 유튜브 검색창에 '여자 수영'을 치면 나오는 추천 영상 속에 늘 등장하던, 선수가 아닌 일반인 허진. 돌고래처럼 출발선을 박차고 물속에 뛰어들어, 하얀 물보라를 일으켰던 그 사람이 허진이었구나. 설은 마른침을 꿀꺽 삼켰다.

두 종목 순위표 맨 위에 김설과 허진의 이름이 나란히 쓰여 있었다. 기록을 정리 중이던 진행 요원 한 명이 두 사람을 연달아 불렀다.

"두 분 다 종목별 개인 기록에 종목별 기록까지 갈아 치우셨네요, 정말 대단합니다."

순식간에 광장에 있던 사람들이 두 사람을 둘러쌌다. 설은 팀원이 건넨 이온음료를 마시며 진을 바라봤고, 진은 진행 요원 중 한 명이 건네준 얼음 팩을 구기며 설을 바라봤다. 시끄럽게 떠드는 사람들 속에서, 마치 슬로모션이라도 걸린 듯 두 사람은 천천히 눈을 마주쳤다.

설이 진을 향해 먼저 몸을 돌렸다. 아까 잠시 진과 이야기를 나눴을 때 지었던 예의 그 미소, 설의 프로필사진과 다른 사람의 SNS에 올라와 있는 설의 얼굴에 항상 내려앉아 있던 그 미소를 지으며 설이 진에게 걸어오고 있었다. 이제 곧 가까이 다가와, 친절한 말을 건네거나 악수를 청할지도 모르지. 아까 우리 같이 있지 않았냐고 말하겠지.

예상대로 자신에게 손을 내미는 무해한 표정의 설을 보며, 진은 생각했다. 이 친절함은 원래의 성격인 걸까. 저런 부류의 사람들은, 전부 김설과 같은 성향을 가지고 있는 걸까. 블로그나 인스타그램이 만들어 낸 성격일까, 원래 타고난 성질이 저런 걸까.

재수 없어, 라는 말이 진의 입속에서 다시 굴렀다. 곧, 설이 천천히 입을 열었다.

백 크롤

"발."

설이 계단 위에서 얼어 있는 진을 보며 다시 말했다.

"발, 발요. 신발 어딨어요?"

그제야 진은 자신의 발이 맨발이라는 걸 깨달았다.

"아."

진은 옆구리에 끼고 있던 운동화 두 짝을 들어 계단 위에 내려놓았다.

"저 밑에서 올라온 거예요? 수영장?"

설은 젖은 발을 대충 닦은 뒤 신발을 신고 있는 진에게 다급한 목소리로 물었다. 축축한 발가락을 신발 안에서 꼼지락거리던 진은, 에스컬레이터 벨트를 잡고 설이 있는 곳으로 올라가며 말했다.

백 크롤

"아, 네. 어, 그런데 여긴 아무렇지도 않은가 봐요. 저기 아래는 저렇게…."

진은 자신이 지나쳐 온 에스컬레이터 아래쪽을 바라봤다. 설은 고개를 빼꼼 내밀고 아래를 훑어보다가, 주춤하는 진을 위로 끌어 올렸다.

"아래에서 난 거예요? 비명 같은 거요. 아니면…."
"비명요? 전 못 들었는데."
"그럼 막 엄청 크게 뭔가 깨지는 소리는요? 그거 밑에서 난 소리 같던데. 아니, 그것보다 밑에 사람들은 없어요? 수영장에 뭔가 문제가 생긴 것 맞죠?"

설은 숨 쉴 틈도 없이 진을 바라보며 질문을 퍼부었다. 에스컬레이터 근처에서 벗어난 두 사람은, 트랙 가운데로 빠르게 걸었다. 설은 불안한 듯 주변을 빠르게 둘러봤다. 설이 아까 봤던 트레드밀 위의 이용객은 그 자리에 없었다. 분명 들었는데, 여기 이 자리에서 들었는데. 쉴 새 없이 두리번거리는 설에게, 진이 말했다.

"좀 진정하시고요. 밑에는 완전 아수라장이긴 한데, 여기는 멀쩡한 걸 보니 수영장 타일이나 벽에 문제가 있나 봐요. 지금이야 이렇게 말하지만, 저는 좀 전까지 죽을 뻔…."

그때, 두 사람이 방금까지 머물렀던 에스컬레이터 쪽에서 무언가 쩌억 갈라지는 소리가 났다. 설과 진은 동시에 에스컬레이터 방향으로 시선을 옮겼다.

"방금, 그 소리, 그런 소리가 계속 이 바닥에서 나고 있었어요."

설은 발로 바닥을 두어 번 가볍게 밟았다. 진은 길게 뻗은 러닝 트랙을 따라, 지하 4층 전체를 둘러봤다. 하얀 선으로 그려진 여덟 개의 레인을 보고 있으려니 현기증이 느껴지는 듯해서 머리를 양쪽으로 털었다.

"저 밑의 상황은 훨씬 심각해요. 여기는 원래 아무도 없었나요? 그러니까 그쪽."

진은 숨을 삼키고 다시 설에게 말했다.

"어, 김설 씨가 운동하는 동안에 말이에요. 여기 언제부터 계셨어요?"
"오픈하자마자 왔죠. 그때 비가… 그러고 보니, 제 이름을 아시네요?"

진은 아차 싶었다. 진이 뭔가 변명을 하려는 사이, 설이 재빨리 말을 이었다.

"저도 알아요. 허진 님. 이름이 저처럼 외자라 기억해요. 그때 어디더라, 아, 여주에서 수영 1등 하셨었죠. 저는 그때 진짜 죽을 뻔했는데."

백 크롤

진을 향해 가볍게 고개를 숙여 인사하는 설을 보며, 진은 또다시 재수 없다는 말을 떠올렸다. 방금까진 당황해 질문을 쏟아 내던 사람이 금세 친절하고 평온한 모습으로 돌변하다니. 정말 싫다.

진은 억지로 웃음을 지으며, 설에게 꾸벅 인사했다.

"운동 좀 하는 사람 중에, 김설 씨 모르는 사람 없죠. 워낙 유명하시고. 그날 되게 잘 달리시던데. 그런데 여기서."

진의 말이 끝나기 전, 에스컬레이터 쪽에서 방금 전에 들렸던 것과 똑같은 소리가 다시 한번 크게 들렸다. 진과 설의 얼굴에서, 가벼운 웃음기가 싹 사라졌다.

"여기는 안전한 거 맞죠? 아래층은 흙물이 벽에서 막 내려오고 난리도 아니었거든요. 여긴 계속 이 상태였죠?"

이번엔 진이 다급하게 설에게 물었다. 설은 다시 트랙을 쭉 돌아보고, 진에게 답했다.

"수영장 쪽이 어떤지는 모르겠지만, 여긴 그런 일 없었어요. 아, 샤워실 쪽엔 가 보지 않았는데. 저 소리는 어디서 들리는 걸까요, 엘리베이터?"
"아무래도 밑에서 나는 것 같은데요. 밑에 수영장 근처에, 유리가 있거든요. 유리 벽."

진은 잠수 풀 근처에서 발가락 사이를 간질이던 흙 물과, 그 물이 고여 들던 유리 벽의 바닥 부분을 차례로 떠올렸다.

"유리요?"

설이 소스라치듯 놀랐다. 진은 에스컬레이터 부근을 계속 신경 쓰며 말했다.

"어쨌든 여기서 빨리 나가야겠어요. 여기 계속 계셨으니, 올라가는 에스컬레이터나 계단이 어디 있는지 알고 계시죠?"

진의 질문에 설은 두 눈을 껌벅거리다가, 이내 고개를 저었다. 엘리베이터를 타고 왔으니 엘리베이터의 위치는 알고 있지만, 한 층 아래가 아수라장이라니 정상 작동을 기대하기는 어려울 듯싶었다.

진은 지하 4층 곳곳을 찬찬히 살폈다. 구석에 있는 트레드밀, 단거리용으로 짐작되는 짧은 트랙, 모래알 같은 게 반짝이는 직선 레인. 진이 싫어했던 것들, 생애 첫 철인 3종 경기를 마치고 난 후, 이젠 평생 자신과 관계없을 거라 생각했던 것들투성이였다. 자판기 옆의 유리문을 발견한 진은, 그쪽에 시선을 고정하며 설에게 말했다.

"저기, 수영장에 있는 거랑 비슷한 구조로 된 유리문이 있어요. 저기에 에스컬레이터가 있지 않을까요?"

백 크롤

설은 아무런 응답이 없었다. 진은 멀리 희미하게 보이는 형상이 에스컬레이터가 맞는지 확인하고 싶었다. 뛰는 것에 가까운 빠른 걸음으로 유리문을 향하려던 진의 등 뒤에서, 설이 외쳤다.

"어, 저거, 저거 뭐죠?"

진은 급히 등을 돌려 설을 바라봤다. 설은 뒤쪽의 벽 어딘가를 바라보고 있었다. 진은 설과 설의 시선이 꽂힌 듯한 곳과 그 아래를 번갈아 확인했다. 물. 물이 트랙 바닥을 적시고 있었다. 벽 모서리 근처에서 안쪽으로 흘러 들어오는 듯했지만, 곳곳에서 비슷한 일이 일어나고 있어 정확히 어디서부터 물이 고이고 있는지 판단할 수 없었다. 지하 4층의 바닥은 수영장 바닥처럼 깨끗한 하얀색이 아니었기에, 밑에서 보았던 그 흙탕물과 같은 물이 들어오는 것인지 아닌지도 분간할 수 없었다. 어쨌든 이곳에서도 물이 새고 있었다. 곧 아래층처럼 물이 차오를 게 분명했다. 진의 손목에서 심박수 알람이 또 울려 왔다. 진은 멈춰 있는 설에게 다가가 다급하게 말했다.

"저걸 피해서 여기로 올라왔어요. 여기도 안전하지 않으니까 빨리 위로 올라가는 출구를 찾아봐요. 저쪽인 것 같아요."

진은 멀리 보이는 유리 벽을 손으로 가리켰다. 하지만 설은 진이 가리키는 쪽으로 돌아보긴커녕,

그 자리에 가만히 서서 망부석처럼 움직이지 않았다. 진과 설이 서 있는 둥그런 트랙에 물이 고이기 시작했다. 신고 있던 하얀 운동화에 잿빛 줄기가 생기는 걸 바라보며, 진은 벽 안쪽에서 나오는 물이 아래층의 그것과 같은 것임을 확신했다.

구석에서 흐르던 물은 처음에는 우레탄 바닥 안으로 스며드는 듯싶더니, 몇 초 지나지 않아 두 배로 불어나 토해지듯 바닥 위를 적셨다. 진은 바닥에 떨어져 있던 설의 비닐 백을 잡아 들며 설을 재촉했다.

"저기, 아니, 지금 가야 한다고요. 제가 지금 저걸 피해서 여길 올라왔는데."

벽 앞의 물살이 조금씩 세졌다. 아주 미세한 진동이 두 사람이 서 있는 바닥 아래서 느껴졌다. 진은 흠칫 놀라 발을 들어 바닥을 살폈다. 바닥은 이제 고유의 색을 잃고 흙물로 뒤덮이고 있었다. 이대로 서 있다간 금세 무릎 위로 차오르는 물에 잠길 것 같았다.

안절부절못하는 진 앞에서, 미동 없이 바닥을 바라보던 설이 갑자기 주저앉았다. 진은 순간 놀라 부축하기 위해 설에게 가까이 다가갔다. 설은 여전히 바닥에 시선을 고정하고 있었다. 설이 갑자기 입을 열었다.

백 크롤

"제가 제일 느렸어요."

한껏 갈라진 목소리였다. 진은 고개를 숙여 설의 얼굴을 살폈다.

"그게 무슨 말이에요, 지금."
"제가 제일 느렸다고요. 그날 여주에서, 첫 번째 경기 때요."

경기? 여주? 진은 황당하다는 표정으로 설을 바라봤다. 지금 그 이야기를 왜 하는 거지?

"그때 이후 다시는 물에 들어가지 않겠다고, 물에 들어가지 않을 거라고 생각했는데."

주저앉은 설의 신발 안쪽으로 흙물이 쏟아져 들어가고 있었다.

"… 수가 없어요."

설의 웅얼거리는 목소리는 바닥에서 찰랑거리는 물소리 때문에 제대로 들리지 않았다. 진은 설 쪽으로 더 몸을 기울이며 신경질적으로 물었다.

"뭐라고요?"
"움직일 수가 없다고요."

설이 핏기 하나 없이 사색이 된 얼굴로 진을 올려다봤다. 설의 비닐 백을 들고 있던 진의 오른손에서 식은땀이 흘렀다.

신 스플린트

'바다'라는 단어를 들으면 설은 항상 반사적으로 어릴 때의 기억을 떠올렸다. 퍼런 바닷물 위로 둥실거리며 이따금 방파제를 간지럽히던 흰색 부표, 집안 곳곳에 내려앉아 있던 날생선 냄새와 잠들 무렵까지도 귓가에 들려오던 갈매기 소리. 설은 바닷가에서 나고 자랐으나 한순간도 바다를 좋아해 본 적 없었다.

　저수지 하나를 건너면 다른 시로 넘어가게 되는 동네, 경주와 포항의 경계에서 설은 어린 시절을 보냈다. 저수지를 둘러싼 동산을 하루에도 몇 번씩 오르며 설은 늘 자신의 집이 산으로부터 몇 발자국 왼쪽에 있었다면 얼마나 좋았을까를 생각했다. 포항에 속하기보단, 경주에 속하고 싶었다. 경주에 속하는 옆 동네엔 지긋지긋한 바다가 없기 때문이다. 아버지가 양식 사업을 접을 때만 해도, 설에게는 희망이 보이는 듯했다. 드디어 바다를 떠날 수 있는 건가. 설은 설레는 마음을 그림일기에 꾹 꾹 눌러 썼다.

하지만 양식장이 철거된 곳에는 두 척의 낚싯배가 들어왔고, 설의 집은 경주를 등지고 포항 시내와 좀 더 가까운 곳으로 이사했다. 두 척의 작은 배 중 하나에는 설의 이름이 적혀 있었다. 아버지는 설의 등을 두드리며 나중에 네 배가 될 거라 말했지만, 설은 조금도 기쁘지 않았다. 시내 근교에 자리한 새집에선 바다가 보이지 않았으나 바다 내음이 바람을 타고 창가로 몰려왔다. 그때부터 설은, 바다를 등지고 달리기를 시작했다.

바다가 보이지 않는 곳이라면 어디든 상관없었다. 어쨌든 바다로 돌아와야 했지만, 바다를 보지 않고 살 수는 없지만, 뛰는 동안만큼은 바다와 멀어질 수 있어 좋았다. 동해를 등지고 최대한 멀리까지 나갔다 집으로 돌아오길 반복했다. 처음에는 무작정 달렸으나, 나중에는 설 나름의 체계가 잡혔다.

동네에는 설이 나중에 커서 육상선수가 되려고 저런다는 어른들의 농담이 쌓여 갔다. 워낙 작은 동네라 소문은 금세 설의 아버지와 어머니의 귓가에 당도했다. 부모 입장에서야 집 안에 처박혀 텔레비전이나 보는 것보단 백 배 나았지만, 외동으로 자라 같이 놀 언니나 오빠, 동생이 없어서 그럴 거라는 몇 아주머니들의 의견을 무시할 수는 없었다. 주말이고 주중이고 집에 붙어 있지 않는 딸을 위해, 아버지가 생각한 최후의 수단은 '강아지'였다. 어릴 때부터 유달리 동물을 좋아했던 설에게 강아지를 안겨 준다면 더 이상 밖으로 나돌아다니지 않을 거라고 설의 아버지는 생각했다.

친척 집에 들렀다 온다고 했던 아버지가 아주 작은 백구와 함께 현관문을 밟았던 날을 설은 똑똑히 기억한다. 그리고 그 작은 백구가 설에게서 사라졌던 날 또한, 설은 단 한 번도 잊은 적이 없다.

더운 바람이 조금 가시고 긴 추석 연휴가 찾아왔다. 출조 예약이 연휴 내내 끊이지 않았고, 설과 설의 가족들은 그동안 양포항 근처를 떠나지 못했다. 설은 아버지가 출조 손님을 데리고 바다에 나간 사이에도 항상 항구 가까이에 있어야 했다. 설은 연휴가 너무 길어 지루했지만, 설이 동생처럼 여기는 어린 백구 '백일이'가 곁에 있었기에 버틸 만하다고 생각했다. 백일이와 설은 신나게 등대 근처를 뛰었고, 멀리서 어머니가 손짓하면 다시 가게로 돌아와 이런저런 잡일을 도왔다. 설은 매일같이 빨리 휴일이 끝나기만을 간절히 기다렸다.

연휴가 끝나고 양포항의 낚시 손님들이 뜸해지면서, 설의 가족들은 부산하게 지난 며칠간의 수익 정산과 기구 정비를 시작했다. 설은 다시 학교에 나갔고, 연휴 내내 함께 놀던 백일이는 매일 아침 설의 바짓가랑이를 잡고 늘어졌다. 설은 등교 시간마다 낑낑거리며 문을 긁어 대는 백일이가 안쓰러웠다.

연휴의 폭풍이 지나간 평범한 주말, 설은 집 앞의 마당에서 백일이와 뛰놀기에 여념이 없었다. 그날은 출조 예약이 없는 날이었지만 설의 아버지는 바다에 나갈 채비를 했다. 조황이 어떤지를 점검할 겸, 오랜만에 손님 없는 주말을 만끽하며 한가롭게 낚시를 즐길 셈이었다.

배에 시동을 거는 아버지를 바라보던 설은, 얼마 전 읽었던 바다를 여행하는 용감한 강아지 '행복이'의 이야기를 떠올렸다. 행복이는 주인 '설희'와 함께 통통배에 몸을 싣고 여행을 다니며, 풍랑과 태풍을 굳건하게 견뎌 낸 용기 있는 강아지였다. 설은 행복이가 백일이를 꼭 닮았다는 점과, 행복이를 옆에서 돌봐 주는 설희라는 주인공의 이름이 자신의 이름과 비슷하다는 사실에 도취되어 있었다. 설은 바다가 싫었지만 백일이와 함께라면 다르게 느낄 수 있을 거라 생각했다. 출조 손님이 없는 날은 드물었기에, 설은 백일이와 모험을 즐길 기회는 지금뿐이라고 여겨 눈을 반짝였다.

설의 아버지는 백일이와 함께 배에 오르게 해 달라는 설의 부탁을 몇 번 거절했지만, 설은 막무가

내였다. 아버지는 하는 수 없이 백일이와 설을 배에 올렸다. 아버지는 바다 쪽을 쳐다보기조차 싫어했던 설이 어쩌면 이번 기회에 바다와 조금은 더 친해질 수 있지 않을까 내심 기대했다. 평생을 바다에서 살아온 아버지는 바다를 싫어하는 설의 마음을 조금이라도 돌리고 싶었다. 백일이가 그 역할을 해 주지 않을까 하는 기대를 품고서, 아버지는 조심스레 배에 시동을 걸었다.

배는 순조롭게 출발했고, 날씨는 좋은 편이었다. 설은 난생처음 배에 오른 백일이를 계속 쓰다듬으며 용감한 강아지 행복이와 설희의 이야기를 닮은 백일이와의 모험담을 꿈꿨다. 멋지게 항해를 마치고 배에서 내려, 오늘의 이야기를 일기에 기록하고 친구들에게 자랑하리라 다짐했다. 풍랑을 만나기 전까지는 말이다.

바다의 상태는 가늠할 수 없는 법이라고 하지만, 그날의 바다는 유독 그 정도가 더 심했다. 육지로부터 가장 먼 출조 포인트에 도착하자마자, 하늘은 잿빛으로 변했고 바람은 걷잡을 수 없이 거세져 배를 휘감았다. 배에는 설이 타고 있었기에 아버지는 더욱 긴장했다. 넘실거리는 파도를 잘 넘기고 육지로 돌아가기 위해 조타기를 잡은 채로 버텼다.

배가 왼쪽으로 크게 기운 순간, 선장실 끄트머리에서 버티던 설은 백일이와 설을 이어 주고 있던

신 스플린트

빨간 목줄의 끈을 놓쳤다. 설은 재빨리 목줄을 다시 잡으려 했지만 역부족이었다. 넘어지지 않으려 애쓰며 목줄을 되찾기엔 파도가 너무 거셌다. 설의 눈앞에서 백일이가 사라졌다. 넘실거리는 파도 사이로, 백일이의 하얀 머리가 둥실 떠올랐다가 이내 사라졌다. 빗물에 가려져 시야가 점점 뿌예지자 설은 눈을 있는 힘껏 비비면서 비명을 질렀다. 그것 말고는 할 수 있는 일이 없었다. 뒤늦게 설의 아버지는 백일이가 물에 빠진 걸 알았지만, 백일이를 구하러 바다에 뛰어들 수는 없었다. 아버지는 바다에 뛰어들려는 설을 진정시키며 육지로 완전히 방향을 틀었다.

설은 며칠간 그날의 일을 정확히 기억하지 못했다. 백일이를 잃은 슬픔은 어린 설이 감당하기에는 너무 힘든 감정이었다. 백일이의 목을 감싸고 있던 빨간 목줄이 바다 너머로 사라지는 모습, 물에 잠긴 하얀 백일이, 물이 뚝뚝 떨어지던 아버지의 장갑, 희미하게 불을 밝힌 양포항 등대 아래서 새까만 먼바다를 바라보며 백일이의 이름을 부르던 자신의 목소리. 설은 그날의 기억을 단편적으로 떠올리며 눈물을 쏟았고 잠을 설쳤다.

바다에선 흔히 일어나는 사고였을 뿐이라고 어른들은 말했다. 하지만 설은 그렇게 생각하지 않았다. 그렇게 생각할 수 없었다. 그건 내가 만든 사고라고, 내가 강아지를 세상에서 사라지게 했다고 여겼다. 그 생각은 결국 설을 지쳐 쓰러지게 만들었다. 모두가 아니라고 해도 설은 듣지 않았다. 백일이와 함께 바다에 나가지 않았다면, 백일이를 바다에 데려가 달라고 아버지를 부추기지 않았다면, 그랬다면 백일이는 살았을까. 용감한 강아지 행복이 이야기는 다 거짓말이다. 차가운 바닷속에 가라앉아 있을 백일이를 생각하면, 설의 마음속에는 참을 수 없는 슬픔이 몰려왔다.

설은 생각했다. 이 모든 불행은 역시 바다로부터 온 거라고. 바닷가에서 살지 않았다면, 백일이를 잃는 일은 일어나지 않았을 거라고. 별다른 꿈이 없었던 설에겐 그때부터 꿈이 생겼다. 성인이 되면 바로 이 도시를 떠나는 것, 바다가 아예 보이지 않는 도시에서 사는 것이었다.

백일이가 사라지고 난 후, 설은 이전보다 더 달리기에 몰두했다. 달리기에 대한 설의 집착은 중학교 입학 이후 한층 심해졌다. 체육 시간에 고만고만한 아이들 틈에서 두각을 나타내면서, 설은 아이들과 선생님들의 관심을 받기 시작했다. 중학교와 고등학교 담임선생님들은 설에게 육상부 입부를 권했고 달리기를 본격적으로 해 보면 어떻겠냐는 제안을 종종 해 왔다. 그럴 때마다 설은 선생님들에게 물었다.

신 스플린트

"그러면 다른 도시로 전학 갈 수 있나요?"

설이 원하는 답을 해 주는 선생님은 한 명도 없었다. 다들 고개를 갸웃 한 번 기울일 뿐이었다. 글쎄, 그게 관련이 있을까. 아, 그런가요. 아버지가 낚싯배 사업을 접는다고 해도, 포항을 떠날 수 있는 확률은 희박했다. 설은 불확실한 현재보다 확실한 미래를 택했다. 몇 년을 기다려야 하지만, 그편이 더 빠르겠다 싶었다.

이후로 설은 포항을 떠나는 날까지 양포항을 찾지 않았다. 백일이 사건 이후, 아버지의 잡일을 돕는 걸 그만두었기 때문이다. 물에서 나는 것이라면 뭐든 먹지 않고, 바닷가 근처에는 얼씬도 하지 않는 설더러 동네 어른들은 유별나게 민감하다 말했다. 강아지를 한 마리 더 얻어다 주겠다며 자신을 달래는 친척들을, 설은 이해할 수 없었다. 백일이를 대신할 수 있는 존재는 없으니까.

드문드문 창문을 통해 들어오는 바다 내음에 설은 자주 머리가 아팠다. 그 냄새를 맡고 있으면 백일이의 촉촉한 발바닥이 계속 떠올랐기 때문이다. 다만 달리기를 하는 동안은, 그 냄새로부터 벗어날 수 있었다. 설은 여전히 바다를 등진 채 내륙 쪽으로 걷고 뛰기를 반복했다.

어쩌다 한 번씩 바다를 마주할 때마다, 설은 뱃속 깊은 곳에서부터 올라오는 불편함을 느꼈다. 바다가 아닌 공간에서도, 종종 설은 그런 증상을 겪었다. 시내 안쪽까지 길게 뻗어 들어오는 하천 부근에 고인 물을 봐도, 비슷한 구역질 증상이 나타났고 이유 모를 호흡곤란이 찾아왔다. 바닥이 보이지 않는 하천은 설을 불안하게 만들었다. 달리기하다 작은 개천을 만나면, 설은 심호흡하며 그 바닥을 확인하곤 했다. 바닥이 보이지 않을 때는, 걸음을 재촉해 개천으로부터 멀리, 아주 멀리 떨어져야 했다. 바닥이 보이지 않는 물은 설에게 바다를, 백일이를 삼킨 그 순간의 바다를 떠올리게 했다.

어른들은 시간이 지나면 나아진다 말했지만, 설은 오래도록 백일이에 관한 생각과 잊힌 기억 너머로 가끔씩 떠오르는 고통에서 벗어나지 못했다. 그날은 사건 자체보단 무의식의 감각으로 설의 머릿속에 기록되었다. 백일이의 잔상은 이따금 희미하게 되살아나 설을 힘들게 했고, 몸 안쪽으로부터 올라오는 고통은 바다와 이 도시에 대한 회피와 증오를 자연스레 자리 잡게 했다.

설은 포항을 떠나는 날, 버스에 앉아 양포항의 작은 등대를 멀리서 바라보며 다짐했다. 다시는 이곳으로 돌아오지 않겠다고, 다시는 물 가까이에 살지 않겠다고 말이다.

신 스플린트

터닝 포인트

"일어나요."

진은 설을 향해 소리쳤다.

"뭐 하는 거예요, 지금!"

진의 다급한 목소리에 설은 퍼뜩 정신을 차렸다. 흙탕물이 운동화 끈 근처까지 올라왔다. 운동화 안쪽으로 질척이는 느낌이 들기 시작했다. 설은 여전히 움직일 수 없었다.

설과 몇 발자국 차이를 두고 서 있던 진은, 설과 멀리 보이는 유리 벽을 번갈아 바라봤다. 설이 왜 저러고 있는지는 모르겠지만, 지금은 지체할 시간이 없다. 일단 여기서 나가야 한다, 움직여야 한다. 진은 다른 생각을 할 수 없었다. 진은 설에게 다가가 설을 억지로 일으켰다. 다리가 풀린 설이 가까스로 무릎에 힘을 주고 섰다.

터닝 포인트

"정신 차리라고, 제발!"

진은 설을 부축하듯 잡은 채로 다시 소리쳤다. 저도 모르게 반말이 나왔다. 그동안 SNS와 유튜브를 통해 봤던 설의 모습과 지금의 모습은, 완전히 딴판이었다. 그건 역시 대외용이었던 건가. 이렇게 중요한 때 공상에나 빠져 있는 나약한 사람이라니, 진은 진저리를 쳤다. 좋은 구석이 없어, 도대체가. 좋아할 수가 없어, 정말.

진은 욱하는 마음을 가다듬고, 마지막이라고 생각하며 한 번 더 설을 유리문 쪽으로 잡아끌었다. 이번에도 말을 듣지 않으면, 설을 내버려 두고 움직일 생각이었다. 설은 떠밀리듯 진이 움직이는 방향으로 끌려오다가, 발목에 갑자기 힘을 주며 우뚝 섰다.

"제가…."

설이 조그맣게 중얼거렸다. 진은 설의 얼굴 근처에 귀를 가까이 가져다 대고 물었다.

"뭐라고요?"

"제가… 제가 갈게요. 제가, 알아서 걷는다고요."

더듬거리는 설의 말에 진은 인상을 찌푸렸지만, 일단 움직일 수 있다는 말로 받아들였다. 놔두고 간다 해도 자꾸 신경 쓰일 게 뻔했는데, 이제 한시름 놨다 싶었다. 진은 설의 등을 잡고 있던 손을 살며시 놓았다.

설과 진의 발목으로 기분 나쁜 축축함이 몰려왔다. 설은 아래를 보지 않으려 애를 썼다. 아까 내려올 때 봤던 1층의 데스크, 에스컬레이터, 그런 것만 생각하자. 설은 고개를 쳐들고 진이 가리킨 유리문 쪽으로 뛰었다. 진도 설을 따라 뛰었다.

자판기 근처 유리문 너머로 멈춰 있는 에스컬레이터가 보였다. 진과 설은 누가 먼저랄 것 없이 유리문을 홱 열어, 에스컬레이터로 달려갔다. 아래층의 에스컬레이터와 마찬가지로, 멈춘 상태였다. 에스컬레이터는 곧게 위층으로 뻗어 있었고, 계단에 드문드문 수건이나 운동 백 같은 것이 널브러져 있었다.

"사람들이 이쪽으로 이동한 모양이에요."

진은 에스컬레이터에 떨어져 있는 자잘한 물건들을 가리키며 말했다. 설은 막 지나온 유리문 뒤쪽, 러닝 트랙을 바라봤다. 이제 바닥은 완전히 보이지 않게 되었고, 구석에 놓인 트레드밀들은 레일 부근까지 물에 잠겨 있었다. 닫힌 유리문 아래로 물이 조금씩 고이는 게 보였다. 설은 토할 것 같은 기분이 들었지만, 계속 침을 삼키며 호흡했다.

두 사람은 에스컬레이터를 단숨에 올랐다. 지하 3층에는 흙탕물의 흔적이 보이지 않았다. 대신 전

터닝 포인트

기가 반쯤 나간 듯, 층의 절반은 어둠에 싸여 있었다. 에스컬레이터가 시작되는 지점부터 불이 나가 있어 밑에서 올라오는 불빛에 의존해야 했다. 진은 먼저 비상등 불빛을 찾았고, 설은 다른 에스컬레이터를 찾았다. 주변이 어두워 두 사람의 눈에는 서로가 잘 보이지 않았다.

지하 3층은 러닝 트랙이 있는 지하 4층, 수영장이 있는 지하 5층과는 전혀 다른 모습이었다. 밑의 두 층보다 구조가 복잡했고, 앞을 가로막는 집기들이 많았다. 진과 설이 서 있는 에스컬레이터 쪽에는 크고 작은 폼 롤러들이 쌓여 있었는데, 누군가 일부러 가져다 놓은 게 아니라 위에서 떨어졌거나 어딘가에서 굴러온 것인 듯했다. 두 사람은 아래층에서 자신들을 괴롭혔던 물이, 여기에 없다는 사실에 일단 안도했다.

설은 에스컬레이터 앞에 쌓인 폼 롤러들을 하나씩 조심스럽게 넘으며 앞으로 걸었다. 지하 3층의 바닥은 러닝 트랙이 깔린 지하 4층과는 달리 나무 재질이었다. 물통과 폼 롤러, 수건 등 다양한 물건들이 어수선하게 놓인 나무 바닥에서는 반질반질한 윤기가 흘렀다.

"사람은 없는 것 같죠?"

설을 뒤따라오며 엉거주춤 걷던 진이 물었다. 진이 발을 디딜 때마다 진의 운동화에서 흙탕물이 조금씩 삐져나와 바닥에 발자국을 만들어 냈다.

"이렇게 어질러진 걸 보면, 급하게 위로 이동한
게 아닐까요."

설이 아래를 내려다보며 말했다. 진은 바닥에 굴
러다니는 물통 몇 개를 발로 가볍게 밀었다. 모두
일반 물통이 아닌, 자전거를 탈 때 사용하는 물통
들이었다.

지하 3층에 위치한 사이클 트레이닝 센터는, 밑
의 두 개 층처럼 물로 인한 피해를 입었다기보단
지진이나 어떤 충격에 의한 피해로 아수라장이 되
었다고 표현하는 게 맞을 듯했다. 곳곳에 회원들의
것으로 보이는 다양한 종류의 자전거들이 널브러
져 있었는데, 모두 어딘가 거치되어 있다가 일순간
에 쏟아진 듯 두 바퀴를 위로 올린 채 뒤집힌 상태
였다. 쓰러진 자전거들 사이로 주황색 수건들이 산
더미처럼 쌓여 있었다. 두 사람은 반쯤 어둠에 잠
긴 바닥을 살펴, 걸을 수 있는 공간을 조금씩 확보
하며 에스컬레이터 반대 방향으로 향했다. 천천히
걷던 설과 진 앞을 반쯤 찢어진 커다란 롤스크린
조각이 가로막았다.

"완전 난장판이네, 여기."

설은 혼잣말을 하며 무의식적으로 위를 바라봤
다. 어떤 용도의 스크린인지는 모르겠지만, 천장에

터닝 포인트

서 떨어진 게 분명했다. 센터에 널브러진 여러 대의 소형 모니터나 손잡이로 보이는 철제들이 뭐에 쓰이는 건지, 왜 여기만 이렇게 지진이 쓸고 간 모양새인지 궁금했지만, 일단 위로 올라가는 계단을 찾는 게 먼저였다.

"저기요, 저거 비상계단 맞죠?"

희미한 초록색으로 반짝이는 비상구 표식을 먼저 찾은 사람은, 설이었다. 진은 설이 가리키는 방향으로 눈을 돌렸다.

"맞네요, 계단. 근데 여기 에스컬레이터는 안 보이죠?"

"저쪽에 있는 것 같기도 한데 어두워서 잘 안 보여요. 전기는 이쪽 반만 들어오는 것 같고. 계단 쪽으로 가려면 아무래도 이… 이걸 치워야겠죠?"

설은 자전거 더미를 덮고 있는 찢어진 스크린을 보며 말했다. 진은 대답하는 대신 설의 앞쪽으로 나와, 무거운 롤스크린 조각을 들고 잘 보이지 않는 바닥을 조금씩 조심스럽게 디디기 시작했다.

천장의 형광등이 깜박였다. 발밑이 밝아졌다 어두워지기를 반복했다. 설은 머릿속으로 한밤중에 했던 몇 번의 등산을 떠올렸다. 헤드 랜턴이 하나 있으면 좋을 것 같다는 생각이 들었지만 그런 걸 여기서 찾을 수 있을 리 없었다. 설은 진과 함께 스크린을 들며 발아래에 쌓인 자전거들이, 자신의 몸무게를 버틸 만큼 충분히 튼튼한지를 재차 가늠하며 걸음을 옮겼다. 당연히 설은 진이 자신과 비슷하게 조심하며 걷고 있으리라 생각했다. 진이 앞에서 두둑거리는 소리를 내며 엎어지기 전까진.

"괜찮아요?"

잘 보이지 않는 진의 모습을 좇으며 설이 말했다. 무언가 부러지는 소리가 났지만, 그건 진의 몸 어딘가가 아니라 진의 발밑에 있는 자전거에서 나는 소리였을 가능성이 더 크다. 진은 어둠 속에서 몸을 엉거주춤 꿈틀거리며 대답했다.

"자전거 핸들 쪽을 밟은 것 같아요. 갑자기 휙 돌아 가지고…."

작은 신음을 내며 진이 다시 스크린 더미 위로 올라왔다. 설은 진의 얼굴을 확인하고 싶었지만, 빛이 들지 않는 곳이었기에 잘 보이지 않았다.

"걸을 수는 있어요. 발이나 손목도 괜찮고. 일단 빨리 가죠."

진은 무릎 부근에서 통증을 느꼈다. 하지만 그것 때문에 시간을 지체할 수는 없었다. 분명 무릎 어딘가가 쓸리거나 충격을 받은 것 같은데, 움직이는 데 큰 지장은 없을 듯했다. 진은 정신을 가다듬었

터닝 포인트

다. 빨리 움직여야 한다. 이런 데로 물이 쏟아지기라도 한다면, 그야말로 죽은 목숨이나 다름없게 될 터다.

자전거들이 불규칙적으로 겹쳐 쓰러진 곳을 통과하는 일은, 쉽지 않았다. 천장에서 떨어진 듯한 여러 장애물들을 하나씩 멀리 던지면서 앞으로 나갔지만, 진과 설은 좀처럼 속도를 낼 수 없었다. 그나마 설은 바닥을 확인하며 장애물을 피해서 달리는 일에 능숙해 금세 요령을 익힌 데 반해 진은 그렇지 못했다. 곧 진과 설의 거리가 벌어졌다. 설은 진보다 빨리 자전거 더미들을 넘고, 비상계단 바로 앞의 희미한 불빛 아래 서서 진을 기다렸다.

진이 천천히 설 쪽으로 다가오는 동안, 설은 드문드문 켜져 있는 천장의 불빛을 따라 지하 3층 센터 전체를 훑었다. 러닝 층에 있는 것과 똑같아 보이는 자판기가 멀리서 빛나고 있었고, 자전거를 타면서 보라고 설치해 둔 듯한 벽걸이 텔레비전 몇 대가 벽에 붙어 있었다. 설도 자전거를 가지고 있지만, 이런 곳에는 와 본 적이 없다. 한겨울이나 장마철에 대비해 집 안에 실내 트레이닝 기구를 구비해 둔다는 사이클 유저들의 이야기를 얼핏 듣긴 했다. 어떤 물건들이 있는지 궁금해 포털에서 한두 번 검색해 보기는 했으나, 가격이 비싸고 어쩐지 좀 다루기 어려워 보여서 설은 금세 그 정보들을 잊었다. 문득 설은 진과 앞서거니 뒤서거니 하며 자전거를 탔던 예전 대회를 떠올렸다. 이런 상황만 아니었다면 훨씬 더 반갑게 인사할 수 있었을 텐데.

진은 여전히 설과는 멀리 떨어진 곳에 있었다. 설은 진이 걸어오는 방향으로 나아가, 쓰러진 자전거들을 바깥쪽으로 조금 옮겨 진의 이동을 도왔다.

설의 부산한 손짓은 진이 안전한 곳으로 발을 옮기는 데 어느 정도 도움이 되었다. 카캉거리며 자전거를 끌어 내리고 치우려 안간힘을 쓰는 설 근처에 와서야, 진은 환한 나무 바닥을 확인할 수 있었다. 그리고 떨어지고 있는 핏방울도.

"피, 피 나요!"

설이 먼저 외쳤다. 자전거 더미에서 빠져나오자마자, 시야가 밝아졌다. 진은 그제야 그 피가 천장이나 다른 어딘가가 아닌 자신의 무릎에서 나오고 있다는 걸 인지했다. 진의 무릎 근처 두 군데에 피가 맺혀 있었다.

"괜찮아요? 아까 넘어졌을 때 그런 거예요?"

글쎄, 이걸 괜찮다고 해야 할까. 진은 외치듯 묻는 설의 목소리를 들으며 잠시 생각했다. 무르팍에 난 상처를 보니 반사적으로 예전의 사고가 떠올랐다. 하필, 그때와 똑같은 자리였다. 두 군데의 상처

터닝 포인트

중에 한쪽에서만 피가 흐르고 있었는데, 통증은 별로 느껴지지 않았다. 진은 허리를 굽혀 상처를 무의식적으로 만졌다. 비로소 따끔한 통증이 느껴졌고, 진의 손에는 빨간 피가 묻었다. 어디에서 긁힌 건지 모르겠다. 거뭇한 기름이 묻어 있는 걸 보면, 아까 넘어질 때 자전거 체인에 부딪힌 게 아닐까 진은 생각했다.

진이 허리를 엉거주춤 굽힌 채 상처와 손의 피를 번갈아 바라보고 있는 동안, 설은 다급하게 주변을 둘러봤다. 아까부터 지금까지 피를 흘리고 왔다면, 흘린 피가 소량이라 해도 갑자기 몸 상태가 안 좋아질 수 있다. 설은 트레일 러닝을 하며 그런 상황들을 많이 봐 왔다. 지금 주변에는 쓸 만한 도구가 없어 보였다. 하다못해 물, 깨끗한 물이라도 있었다면. 빠르게 사방을 훑는 설의 시야에, 비상등 불빛과 꼭 같은 색의 데스크가 들어왔다. 설은 재빨리 데스크 위를 바라봤다. '물리치료'라는 글자가 선명하게 읽혔다.

진은 허리를 굽힌 채 서 있다가, 곧 그 자리에 주저앉았다. 설의 질문에 답해야 하는데, 뭐라고 해야 할지 몰랐다. 자꾸만 그날의 기억이 진의 머릿속을 잠식했다. 그때도 피가 이렇게 흘렀나, 아니 좀 더 많이 흘렀나? 진은 의미 없는 숫자를 세고 있었다. 몇 년 전이었더라, 시간이 얼마나 지났더라….

설은 정지된 듯한 진을 바라보며 생각했다. 피를 봐서 쇼크라도 온 걸까? 그렇다면 빨리 해결해야 하는데, 아까 진이 했던 것처럼 소리 지르는 게 나을까? 설은 다시 고개를 들어 '물리치료'라고 적힌 아수라장 너머의 데스크를 바라봤다. 물리치료 센터라고 해도 분명 구급약 하나쯤은 있을 테다. 상처를 눌러 지혈하는 편이 나을까. 진은 공황에 빠진 게 분명했다. 혼자서 진을 저기로 데려갈 순 없을 테니, 그렇다면 방법은 하나다.

설은 재빠르게 진의 왼쪽을 지나쳐 초록색 데스크 쪽으로 점프했다. 뚜둑거리며 묵직한 무언가를 밟고 넘는 소리가, 진의 귓가에 들렸다. 진은 고개를 돌려 설이 있는 곳을, 지금까지 힘겹게 넘어 온 자전거 더미의 왼쪽을 바라봤다. 천장에서 형광등이 깜박였고, 빛이 희미하게 센터를 밝히는 순간마다 설의 갈라진 허벅지에 붙은 두 줄기 근육이 반짝이며 빛났다.

터닝 포인트

힐풋

회색의 아스팔트 바닥이 갑자기 가까워졌다. 양손바닥에서부터 자글자글한 통증이 몰려왔다. 가까스로 오른손을 들어 손바닥을 확인했다. 피다.

"저기요, 괜찮아요?"

삽시간에 사람들이 몰려와 진을 에워쌌다. 진은 손바닥의 통증보다, 웅성거리는 사람들의 목소리가 더 신경 쓰였다.

"아, 저는 괜찮은데. 손만 좀 다친 거예요. 괜찮…."
"어어, 무릎, 아가씨, 무릎!"

바로 옆에서 진을 부축하던 여자가 진의 다리를 가리켰다. 진은 고개를 숙여 무릎을 확인했다. 오른쪽 무릎이 깊게 패어 있었다. 흙이 묻어 회색으로 범벅이 된 무릎과 상처를 확인하니, 곧바로 무릎이 욱신거리기 시작했다.

힐 풋

"아이고, 이거 구급차 불러야 하는 거 아닌가."

"비상약 있는 분 계세요?"

"택시라도 불러 줄까요? 걸을 수는 있겠어요?"

처음 보는 사람들의 왱왱거리는 목소리가 진의 귓가를 시끄럽게 채웠다. 진은 빨리 그 자리를 뜨고 싶었다. 왜 하필이면, 사람이 많이 지나다니는 한강 공원에서 엎어져 이런 꼴을 당하고 있는 걸까. 진은 주저앉은 채로 몇 걸음 앞에서 자신을 내려다보는 운동복 차림의 남자와, 그가 안고 있는 갈색 개를 바라봤다. 진은 한숨을 쉬었다. 이번에도 마찬가지다.

진은 늘 개를 피하다 넘어지곤 했다. 정확히는 주인과 멀찌감치 떨어져 달리는 목줄 풀린 개를 피하려다 매번 발을 헛디뎠다. 달려 보고자 마음먹은 날, 복장을 갖춰 입고 뛰기 위해 집을 나선 날이면 어김없이 개가 진 앞에 나타났다. 불쑥 나타난 개와 부딪치지 않기 위해 있는 힘껏 발을 바꿔 착지했지만, 무릎을 땅에 내주는 상황은 피할 수 없었다.

사실 넘어지는 건 큰일은 아니었다. 다시 일어나면 되니까. 문제는 진을 넘어지게 한 강아지나 개들이 아닌, 그의 주인이나 보호자를 자처하는 사람들이었다. 진과 불시에 마주해 진을 깜짝 놀라게 한 개들은 하나같이 목줄이나 몸줄을 하고 있지 않았다. 개의 보호자로 보이는 사람들은 죄송하다고 말하긴커녕, 심드렁한 눈빛을 보내며 진을 지나쳐 갔다. 마치 자신이 달리는 데 방해가 된다는 듯, 개를 풀어 놓고 뛰어놓게 하려는데 방해가 된다는 듯 말이다. 진은 비슷한 일로 자꾸 넘어졌지만 단 한 번도 제대로 된 사과를 받아 본 적이 없었다.

가끔 그들을 멈춰 세워 위험하다고, 줄을 채우지 않으면 개와 사람 둘 다에게 좋지 않다고 이야기를 건네긴 했다. 하지만 그때마다 돌아오는 건 진을 향한 비난이었다.

"개를 별로 안 좋아하시나 봐요."

얼굴은 웃고 있었지만, 별걸 가지고 유난이라는 속내가 말투에서 명확하게 느껴졌다. 그게 아니라는 답을 하기도 전에, 그들은 진으로부터 몇 발자국 떨어져 똑같은 행동을 반복했다. 진은 점점 움츠러들었다. 길거리에서 개와 함께 산책할 때는 반드시 개에게 목줄을 착용시키고 보호자 옆에서 걷게 해야 한다는 규정, 그러지 않으면 과태료를 물어야 한다는 규정은 전혀 방패가 되어 주지 않았다. 목줄 없이 주인과 떨어져 달리는 개들이 진에게 위해를 가하진 않았지만, 비슷한 상황을 반복해서 겪은 진에게는 개와 개의 주인에 관한 트라우마가 새겨졌다. 버스나 지하철을 타러 갈 때 주인과 함께 걷는 개들을 만나면 일단 피하고 보는 일이 잦아졌다. 목줄과 배변 봉지를 양손에 잡고 번듯하게 산책하는 사람들을 마주해도 불안하긴 마찬가지였다. 이전까지 특정 동물을 싫어하거나 피하는 일 없이 살아왔지만, 천진한 얼굴로 신나게 뛰는 개들을 보면 흐뭇한 마음이 드는 동시에 무릎 언저리에서 시큰하고 아린 느낌이 올라왔다.

물론 이번처럼 무릎이 깊게 패어 다리가 피범벅이 될 정도로 심하게 다치는 날은 드물었다. 다른 사람들이 걷는 속도보다 느리게 뛰고 있었는데 고작 개 한 마리 피했다고 이렇게 심하게 다칠 일인가, 하고 진은 생각했다. 누군가 진을 계속 지켜보고 있었다면 분명 비웃었을 테다. 저 정도 속도로 뛰는데 사람이 저렇게 다칠 수 있을까 의심했을 거다. 오히려 너무 화들짝 놀라 제풀에 쓰러지는 바람에 부상을 키웠다고 생각할 수도 있을 거다.

진의 얼굴이 갑자기 화끈 달아올랐다. 바닥에 내동댕이쳐진 생수 통을 열어 물로 손과 다리를 대충 씻고, 사람들의 만류를 뒤로하며 급히 공원을 떠나 도로로 나왔다. 피범벅이 된 다리를 내보인 채 택시를 잡으면 분명 사람들의 이목을 한 번 더 끌겠지만, 넘어진 자리에 계속 머물며 사람들의 시끄러운 관심을 받는 것보단 백 배 나을 거라 진은 생각했다. 공원에서 큰길로 비척거리면서 걸어 나오는 중에도, 또다시 개와 마주하지 않기를, 몰상식한 주인들과 마주하지 않기를 바라며 주변을 예의 주시했다.

택시를 타고 병원으로 이동하는 사이 진의 머릿속에는 오늘도 그 생각이 떠올랐다. 김설. 그 여자라면 분명 이런 일에 몇 번이고 다치지 않았겠지. 그만큼 뛰어난 운동신경과 근력을 타고났다면, 장해물이 불쑥 나타나도 순식간에 피해 안정적으로 착지했겠지. 김설, 왜 그 사람만큼 안 될까, 난.

진은 난생처음 달리기를 하고자 마음먹은 뒤 수많은 영상과 정보들을 찾아봤다. 그리고 그중 절반 이상의 콘텐츠에는 김설이 등장했다. 김설이 운영하는 '달리는 딜러' 블로그는 엄청 유명했다. 운동하는 사람들이나 운동을 막 시작한 사람들에게 도움이 되는 정보를 다수 올려놓고 있었다. 김설은 자신이 참가한 경기에 대한 자료와 달리기 주법, 달리는 데 도움이 되는 이야기들을 꾸준하고 성실하게 업데이트했다.

그러나 김설이 쓴 이야기들과 김설이 등장하는 유튜브 클립들은 진에게 하나도 도움이 되지 않았다. 영상에서 하라는 대로 발을 움직여 봐도, 진은 매번 넘어졌다. 어쩌다 넘어지지 않는 날엔 극심한 발목 통증과 허벅지 통증 때문에 꼬박 사나흘을 내리 쉬어야 했다. 걷는 듯 달리고 나서 마지막에 스트레칭을 꼬박꼬박 해 줘도 통증과 자잘한 부상은 피할 수 없었다. 노력으로 되는 게 아니라 그냥 타고나는 거다. 진은 그렇게 결론 지었다.

힐 풋

실제로 그런 몸을 가지고 태어나는 사람들이 많을까? 날 때부터 달리기 위해 태어난 사람들. 발달한 운동신경을 물려받는 사람들. 보통 그런 사람들은 일찌감치 자신의 재능을 확인하고, 일반인들과 다른 길을 걷는다. 운동선수나 트레이너나, 뭐 그런 걸 하면서 살지 않나. 하지만 김설은 그중 어느 쪽에도 속하지 않은, 평범한 직장인이었다.

"이건 불공평해."

진은 붕대가 감긴 오른쪽 무릎 밑에 쿠션을 끼우며 중얼거렸다. 차라리 김설이 프로선수였다면 이해할 수 있었다. 진이 속한 집단과 완전히 다른 집단에 속해 있었다면 상관없었을 거다. 그런데 김설은 진의 또래고, 달리기로 돈을 버는 것도 아닌데 저렇게 잘 뛰어서 많은 사람의 주목을 받는다. 분명 이런 부상은 겪은 적이 없겠지. 그런 생각을 하니 무릎 안쪽이 또 욱신거렸다.

중·고등학교 시절에도 그런 애들이 있었다. 애초에 잘나게 태어나서, 별 노력 없이 항상 상위권을 유지하던 애들. 그 분야가 공부건 운동이건 인간관계건 뭐건, 난 대로 살아왔는데 어쩌다 보니 주류에 속하게 된 애들. 항상 진은 그런 애들과 가깝게 지낼 수 없었다. 어쩌다 손을 먼저 내미는 애들이 있어도, 진이 먼저 그 자리를 떠났다. 그들 사이에 있으면 무시당할 것 같았다. 체육 시간마다 진에게 야유를 쏟아 내는 다른 애들처럼, 분명 마음속으론 자신을 비웃고 비난하고 있을 거라고 생각했다.

내가 그런 아이들의 위치에 있었다면 상황이 달라졌을까? 그랬다면 개에 대한 트라우마도 애초에 생기지 않게 되었을까? 진은 성인이 된 뒤에도 종종 학창 시절을 되돌아보곤 했다. 100m 달리기를 할 때 쉬는 시간 종소리를 들으며 어영부영 뛰는 대신, 많은 아이들의 환호를 받으며 운동장을 가로질렀다면 좀 달라졌을까? 조금이나마 후자에 가까워지기 위해 노력하지 않은 건 아니지만 성과는 너무 미미했다. 대학에 입학했을 때도 마찬가지였고, 대학을 졸업하고 아르바이트를 했을 때도, 갓 직장에 입사했을 때도 마찬가지였다. 그냥 중간. 진은 그런 사람들 무리에 속했다.

텔레비전 프로그램이나 드라마·영화들을 보면, 엄청난 노력을 통해 자신의 운명과 삶을 바꾸는 캐릭터의 이야기가 자주 나온다. 진은 그런 이야기를 믿지 않았다. 잘 짜인 각본과 연출, 그리고 연기의 산물이라고 믿었다. 보통 사람들은 그렇게 노력해 봤자 결국 타고난 사람들을 뛰어넘지 못한다. '노력'이라는 단어의 무게를 어떻게 느끼는지에서부터 차이가 난다. 누구는 그냥 뛰어도 상위권에 드는데, 나는 달리기에 대해 아무리 공부하고 연습해도 결국 제자리를 벗어나지 못하는 것처럼.

사실 이런저런 설명과 이유를 들어 가며 생각해 봐도, '싫다'라는 감정엔 변화가 없었다. 진은 김설이 그냥 싫었다. 그녀가 진이 자주 사용하는 플랫폼들에 자꾸 등장하는 게 싫었다. 한번 클릭하니 계속해서 설과 관련된 콘텐츠를 무수히 쏟아 내 보여 주는 빅데이터가 싫었다.

그냥, 김설과 관련된 모든 게 싫었다.

포인트 투 포인트

"피 때문에 가만히 있었던 건 아니에요."

설이 건넨 구급함의 붕대를 무릎에 둘둘 두르며 진이 말했다.

"무릎이 갑자기 좀 아픈 느낌이 들어서. 계속 여기만 다쳤거든요."

진은 붕대의 양 끝을 무릎 앞으로 돌려 묶었다. 진을 걱정스런 눈으로 바라보던 설은, 진의 말이 끝나자마자 불쑥 오른쪽 다리를 내밀었다.

"오른발잡이 맞죠? 저도 그런데."
"오른발잡이요?"

진이 어리둥절해하며 설을 바라봤다.

"대부분이 그렇더라고요. 걷거나 달릴 때 먼저 스타트하는 발. 그걸로 전 오른발잡이, 왼발잡이 구분하는데."

포인트 투 포인트

설이 자신의 오른쪽 무릎을 가리켰다. 미세한 흉터가 드문드문 남아 있었다.

"저도 어릴 때 자주 넘어졌거든요. 괜히 까지고 다치고. 꼭 한쪽만 그래요. 이렇게 흉이 남기도 하고."

설은 벌떡 일어나 자전거 더미 너머를 살폈다. 아직 물이 이 위까지 올라오진 않은 모양이었다. 설은 구급함 안에 있던 연고와 밴드를 챙겨 바지 주머니에 찔러 넣으며 진을 바라봤다. 진은 앉은 자리에서 일어나 오른 다리를 몇 번 휘휘 움직였다.

"수영은 확실히 다리 다칠 일은 별로 없겠어요."
"… 아무래도 그렇죠. 달리기보다는. 저는 달리기만 하면 꼭…."

설의 다리를 물끄러미 바라보며 말을 잇던 진은, 아차 싶어 이내 입을 닫았다. 내가 지금 김설 앞에서 무슨 말을 하는 거야. 진은 도리질을 치며 설을 재촉했다.

"어서 가요, 저기 계단."

진과 설이 초록색 비상등의 빛을 받으며 비상계단으로 이어지는 문의 문고리를 돌리는 순간, 멀리서 무언가 또 무너지는 소리가 들렸다. 두 사람은 깜짝 놀라 서로를 바라봤고, 누가 먼저랄 것 없이 급히 문을 열어 그 안쪽으로 들어갔다.

쾅, 하고 철문이 닫힌 뒤에야 진과 설은 참았던 숨을 몰아쉬었다. 문 안쪽에는 회색 계단이 아래위로 이어져 있었다. 밝지는 않았지만 층마다 바닥 쪽 벽에 전등이 붙어 있어 적어도 계단이 몇 개인지, 지금 있는 곳이 몇 층인지 구분할 수는 있었다.

"이 계단은 1층까지 이어져 있겠죠?"

설의 물음에 진이 고개를 끄덕였다.

"아마… 그렇지 않을까요. 계단이 중간에 끊어져 있거나 하지 않는다면 말예요."
"밑으로 내려갈 때는 엘리베이터로 이동했죠?"
"맞아요. 그래서 지하 3층도 지하 4층도 지나지 않고 그냥 맨 아래층으로 내려갔어요."

설은 잠시 후 말을 이었다.

"혹시 1층 입구로 들어올 때 기억나요? 계단 문이 어디로 이어져 있다거나 그런 거… 저는 하나도 기억이 안 나서요."

진은 데스크를 지나 안으로 들어올 때부터 엘리베이터를 타기 전까지를 되짚었다. 역시 기억나는 건 없었다. 진은 가볍게 고개를 저었다.

"뭐, 일단 올라가요. 지하만 벗어나면 어떻게든 되겠죠."

두 사람은 계단을 따라 위쪽으로 걸음을 옮겼다.

포인트 투 포인트

지하 4, 5층과 지하 3층에 그 난리가 난 것과 달리, 계단이 이어지는 이곳은 너무도 고요했다. 흙물이나 기름 같은 건 전혀 보이지 않았다. 비상등이 붙어 있기 때문일까. 진과 설에게는 이 비상계단이, 건물에서 제일 안전한 곳으로 느껴졌다.

이따금 두 사람은 아래쪽에 귀를 기울였지만, 별다른 소음은 들려오지 않았다. 설이 러닝 트랙에서 들었던 콘크리트 구조물 같은 것이 추락하는 소리도, 진이 수영장 안쪽에서 들었던 유리 깨지는 소리도 나지 않았다. 계단 손잡이를 통해 진동이 살짝 느껴지긴 했지만, 건물 아래층에서 벌어지는 소란 때문인지 아닌지 분간하기 어려웠다.

트라이센터의 계단은 일반 건물의 계단과는 다르게 비좁고 가팔랐다. 하긴 모든 층에 에스컬레이터와 엘리베이터가 있을 테니, 계단 면적을 최소한으로 줄인 게 크게 이상하게 느껴지진 않았다. 진은 설보다 움직임이 더뎠지만 천천히, 그리고 꾸준히 계단을 올랐다. 두 사람은 모두 말이 없었다.

화살표가 위로 그려진 지하 1층 표지판을 지나 마지막 계단에 이르렀다는 기쁨을 안고 몸을 돌린 순간, 진과 설은 당황했다. '지하 1층'이라고 쓰인 문은 분명 있었다. 문제는 그 위였다. 지하 1층 문 위에는 아무것도 없었다. 천장 자체가 막혀 있었다. 진은 당황스러운 목소리로 물었다.

"비상계단이면 바깥이랑 통해야 할 텐데… 왜 막혀 있죠?"

"혹시 다른 계단이 있을까요? 아니면 반대편에 라도…."

하지만 눈에 보이는 거라곤 소화전밖에 없었다. 다른 통로나 입구를 찾으려면 지하 1층이나 2층으로 들어가야 한다.

"일단 여기로 들어가 보죠."

진이 지하 1층 문 앞에 서서 문고리를 돌렸다. 하지만 문고리는 반쯤 돌아가다 턱 하고 막혔다.

"문."

진이 계속해서 문고리를 돌리며 나지막이 말했다.

"문이 안 열려요."

문고리는 곧 진의 손바닥에서 흘러나온 땀으로 범벅이 되었다. 뒤에 서 있던 설이 진 앞으로 나와 미끄러운 문고리를 왼쪽, 오른쪽으로 돌렸지만, 역시 열리지 않았다.

"어떻게 하죠?"

진과 설이 동시에 서로를 바라봤다. 어떻게 하지? 두 사람의 머릿속이 새하얘졌다. 지하 1층 문은 그나마 지상과 가까운 문이었다. 이 문을 열고 한 층만 위로 올라가면 밖으로 나갈 수 있었다. 그것만 생각하며 지하 3층부터 여기까지 올라왔는데, 이젠 꼼짝없이 갇힌 꼴이 되었다.

설이 온몸의 힘을 주먹에 실어 한 번 쾅, 하고 문을 때리듯이 쳐 봤지만, 철문은 미동도 하지 않았다. 설은 한숨을 쉬며 문 앞 계단에 주저앉았다. 진은 철문 안쪽에 혹시 사람이 있지 않을까 싶어 한쪽 귀를 문에 밀착했다.

"혹시, 백 안에 물 같은 거 있어요?"

계단에 걸터앉아 있던 설이 진을 돌아보며 말했다. 진은 그제야 자신의 어깨에 단단하게 걸려 있는 드라이 백의 무게를 느꼈다. 잔뜩 긴장하며 수영장에서부터 올라오느라, 지금까지 등에 뭔가 달려 있다는 사실을 잊고 있었다.

"아, 가방 안에 에너지바랑 물은 있을 거예요."

진이 드라이 백을 앞으로 돌려 가방 속을 뒤적거렸다. 묵직하게 자리하고 있는 스윔슈트와 물기가 가신 수영복, 그 안쪽에 에너지바와 300mL짜리 작은 생수 통이 보였다. 진은 생수 통을 꺼내 설에게 건넸다.

"저 아래가 물난린데 목이 마르다니 진짜 이상하죠."

물통을 받아 든 설의 손이 차가웠다. 진은 고개

를 숙여 설의 얼굴을 바라봤다. 지친 기색이 역력한 설은 미세하게 떨고 있었다. 혹시 아까랑 같은 증상이 또 일어날까 싶어, 진은 설에게 다급하게 물었다.

"어디 아파요? 물 일단 마셔 봐요."

설의 손에서 생수 통을 가져와 직접 뚜껑을 따는 진을 보며, 설이 말했다.

"잘 모르겠어요. 목마르고 갑자기 춥고… 팔이 좀 떨리는 것도 같고…."

설은 팔꿈치 안쪽을 계속해서 문질렀다. 설에게는 여분의 옷이 있었지만, 옷을 담아 온 비닐 백은 어느 순간 온데간데없이 사라져 버렸다. 서늘한 바람이 닫힌 문틈 사이를 비집고 두 사람에게 달려들고 있었다.

"이… 일단 내려가야겠죠?"

생수 통의 물을 반쯤 비운 설이 앉은 자리에서 일어났다. 설은 확실히 떨고 있었다. 설이 얇은 옷을 입고 있었다는 걸 진은 그제야 깨달았다.

"잠깐만요, 저한테 옷 같은 게 있어요."

진이 곁에 놓아둔 드라이 백을 다시 열어, 스윔 슈트를 꺼냈다. 아직 한 번도 개시하지 못한, 곱게 돌돌 말린 진의 새 스윔슈트가 드라이 백에서 펄럭

포인트 투 포인트

이며 밖으로 나왔다. 겨울용 슈트가 아니었기에 아주 두껍진 않았지만, 설은 저체온 증상을 겪고 있는 것이 분명하니 러닝 복장인 가벼운 나시와 얇은 반바지보단 이걸 입는 편이 나을 것 같았다.

"이거 입어요. 아마 몸에 맞을 거예요."

진이 슈트를 한번 턴 후, 설에게 건넸다. 설은 받아 든 슈트를 가만히 바라봤다.

"그, 오늘 개시하려고 가져온 거예요. 꺼내 보지도 못한 새 옷이라 물기 하나 안 묻었으니 괜찮을 거예요. 적어도 지금 옷보단."
"아, 감, 감사합니다."

설은 멋쩍은 표정으로 슈트의 지퍼를 열었다. 다른 사람, 그것도 수영에 젬병인 김설이 소중한 새 슈트를 개시하다니, 진은 상황이 좀 이상해졌다는 생각이 들었고 묘하게 짜증이 올라왔다. 하지만 어쩌겠는가. 지금 입고 있는 점퍼를 벗어 줄 수도 없는 노릇이고, 설도 진에게 도움을 줬으니 이 정도는 할 만하다고 생각했다. 설의 상태가 나빠져 아까처럼 또 설이 걸음을 멈추면, 그때는 더 이상 어떻게 할 수도 없을 테고 말이다.

"슈트가 좋은 거라, 활동에 지장은 크게 없을 거예요. 저는 못 입어 봤지만, 리뷰에서 그러더라고요."

설은 머쓱한 표정을 짓고는 팔과 다리를 요리조

리 돌려 가며 스윔슈트를 아래서부터 위로 올렸다. 진은 무의식적으로 설에게 몇 kg이냐고 물어보려다 이내 그만두었다. 1~2kg 차이는 나도 체형 자체가 비슷하니 분명 저 슈트가 맞겠지. 스윔슈트는 진의 예상대로 설에게 꼭 맞았다. 얇은 러닝용 옷 위에 구겨 입었지만, 마치 설의 물건인 양 설의 몸을 잘 감싸 주고 있었다. 몸통은 그렇다 쳐도 팔과 다리 길이까지 정확하게 같은 사람을, 진은 처음 만났다. 그제야 설이 자신과 키 차이가 거의 나지 않는다는 걸 진은 깨달았다.

천장을 뚫고 위로 올라갈 수는 없으니, 일단 내려가자는 설의 의견에 진도 동의했다. 지하 1층으로 가는 길이 막혀 있어 지하 3층이나 지하 2층, 둘 중 하나를 택해야 했다. 지하 3층은 이미 지나왔기에 구조가 어느 정도 익숙했고, 에스컬레이터가 발견될 가능성이 아직 열려 있었다. 그에 반해 지하 2층에 관한 정보는 아무것도 없었기에 문 앞에 어떤 상황이 놓여 있을지 예측할 수 없었다. 지하 2층의 장점은 아래층들보다 더 위라는 것, 그것뿐이었으니까.

두 사람은 잠시 고민했지만, 지하 2층 문을 지나 지하 3층 쪽으로 고개를 돌리자마자 고민을 멈췄다. 설과 진이 지나온 지하 3층으로 연결되는 문 바로 앞 바닥에, 물이 고이고 있었다. 계단 바닥 부근에 붙은 전등 몇 개가 물에 잠겨 일렁이는 빛을 토해 냈다.

진은 조심스럽게 지하 3층 문 근처로 내려가, 물이 나오는 곳을 확인했다. 철문 때문에 빠른 속도로 넘어오지는 못하는 상황이었지만, 물은 사이클 센터 쪽에서 유입되고 있었다. 아래쪽에선 락스 냄새와 비릿한 흙냄새가 동시에 느껴졌다. 지하 3층 밑으로는 모두 물에 잠긴 게 분명했다.

진은 다시 지하 2층 문 앞으로 올라와 자신을 기다리는 설 앞에 섰다. 설은 침을 한 번 꿀꺽 삼켰다. 이 문도 열리지 않는다면 다시 사이클 센터로 내려가야 하는데, 그건 정말 싫었다. 진이 먼저 문고리를 잡았다. 진의 손바닥은 금세 축축해졌다.

긴장 속에서 진이 문고리를 오른쪽으로 천천히 돌렸다. 문고리는 시계 방향으로 끝까지 돌아갔고, 이내 철컥, 하는 소리와 함께 문이 살짝 열렸다. 두 사람은 서로 짧게 눈빛을 교환했고, 진은 지체 없이 문고리를 잡은 손을 세게 뒤로 당겼다.

순간 두 사람의 시야를 가로막는 거대한 물줄기가 쏟아졌다.

프리 릴레이

비릿하고 끈적한 물을 얼굴에서 털어 내자, 누군가 멀리서 두 사람을 향해 손짓하는 모습이 흐릿하게 보였다. 지하 2층은 다른 층보다 어두웠다. 비상등으로 보이는 작은 불빛이 벽에 드문드문 붙어 있었지만, 그것만으로 사물을 제대로 분간하기는 어려웠다. 설은 눈을 비비며 맞은편 사람들에게 시선을 집중했다. 그들은 두 사람을 향해 빠르게 다가왔다. 그 사이에 있는 키가 작은 어린아이 두 명이 눈에 띄었다.

"밑에서 올라온 거예요? 밑에 사람이 더 있어요?"

무리 중 한 남자가 두 사람을 향해 다급하게 말했다. 남자의 일행으로 보이는 한 여자는 아이를 끌어안고 있었다. 다가온 사람은 다섯 명 남짓으로 보였다. 설과 진은 뒤에 있는 비상등의 불빛 덕분에 사람들의 얼굴과 표정을 겨우 확인할 수 있었다.

"여기 관계자세요?"

프리 릴레이

진이 남자에게 물었다. 남자는 흰색 점퍼를 입고 있었다. 진은 천천히 사람들을 둘러봤다. 아이들을 제외하면 다들 너무 평범한 차림으로 보였다.

"아, 아뇨, 저는 아이들과 함께 놀러 왔고요, 직원 한 명이 있었는데 비상구를 찾는다고 저쪽으로 사라졌어요."

남자는 대각선 방향의 어딘가를 가리키며 말을 이었다.

"어디서 엄청 큰 소리가 들렸거든요. 그리고 갑자기 정전이…."

천장의 꺼진 형광등을 가리키는 남자 뒤에서, 한 여자가 튀어나와 설과 진에게 다가오더니 겁에 질린 목소리로 물었다.

"구조대예요? 저 비상계단으로 가면 되나요?"
"아뇨, 저희도 여기 이용객인데…. 그보다 저희도 비상계단으로 올라왔거든요. 위는 막혔어요. 나갈 수가 없어요."

여자는 한숨을 쉬며 자리에 주저앉았다. 두 아이가 번갈아 가며 훌쩍이는 소리가 들렸다.

"여기로는 물이 안 올라왔나요?"

설이 사람들을 향해 물었다. 진은 시선을 발밑으로 옮겨 바닥을 살폈다. 지하 3층과 비슷한 재질의 나무 바닥이었다. 물이 흐르거나 지나간 흔적은 없어 보였고, 미끄럽지도 않았다.

"물, 물요? 무슨 물요?"
"밑에는… 물 때문에 난리거든요."

진은 옆에 있는 설을 가리키며 말을 이었다.

"제가 제일 아래 있었고 그 위에 이분이 계셨는데 저희 둘 다 물이 차오르는 걸 피해서 여기로 왔어요, 지하 5층이랑 지하 4층에서부터요."
"그럼 밑은 물에 잠겼다는 건가요? 여기도 잠길 거라는 건가요?"
"여기까지 진행될지는 잘 모르겠는데, 요 바로 밑층은 이미 침수되고 있었거든요. 그러니까 아마 여기도…."

진은 남자와 아이를 안은 여자를 번갈아 바라보며 말하다가, 문득 시선을 다른 곳으로 옮겼다.

"그런데 그게 문제가 아니고, 여긴 위층으로 가는 길이 없나요? 빨리 나가야 할 것 같은데."
"저희는 비상계단으로 나갈 생각을 하고 있었는데, 방금 그쪽에서 두 분이 나오셨고…. 그러니까 저긴 막혔다는 거죠?"

남자가 비상계단 쪽을 가리켰다. 진은 바로 고개를 끄덕였다. 설은 실눈으로 에스컬레이터가 있는 곳을 찾으려 했다. 하지만 비상등 근처 외에는 전

프리 릴레이

부 어두워, 제대로 방향을 잡긴 어려워 보였다.

"어쨌든 나가는 게 중요한데. 이쪽은 아까 정전이 되는 바람에 출구를 찾기 어려워져서 계단으로 온 거거든요."

"이 건물에 있는 사람은 저희가 전부인가요?"

설의 물음이 끝남과 동시에 멀리서 누군가가 소리를 지르며 달려왔다.

"여기! 저! 저도 있어요!"

목소리의 주인공은 파란 옷을 입고 있는 젊은 남자였다. 설은 남자의 옷차림이 오전에 데스크에 앉아 있던 안내자의 옷차림과 똑같다는 걸 대번에 알아차렸다. 파란 옷의 직원은 사람들 앞에서 헥헥거리며 숨을 골랐다.

"출구 찾았어요? 어디 있어요, 어디 갔다 온 거예요."

"말 좀 해 봐요, 어떻게 나가요, 이제?"

사람들은 직원을 둘러싸며 재촉했다. 직원은 고개를 저으며 울상을 지었다.

"아 아뇨, 그게… 혹시 주차 타워 쪽이랑 연결된 곳이 열렸나 가 본 건데, 잠, 잠겼어요…."

허리를 숙인 채 사람들을 둘러보던 직원은, 슈트를 입은 설을 발견하고는 반갑다는 듯이 벌떡 몸을 일으켰다.

"어! 아래층에서 일하시는 분들인가요! 저희 구조하러 오신 건가요!"

직원은 덥석, 설의 손을 잡았다. 당황한 표정의 설 대신 진이 직원을 바라보며 대답했다.

"저희, 구조대도 아니고 직원도 아니에요. 비상구 같은 거라면 그쪽이 알고 있어야 하는 거 아닌가요?"

"저, 저도 여기 출근한 지 얼마 되지 않아 가지고요…."

"다른 직원들은 없나요? 혼자예요?"

또다시 쩔쩔매는 직원 대신, 뒤에 있던 사람 중 몇몇이 대신 진의 물음에 답했다.

"이 청년이랑 비슷한 옷을 입고 있는 다른 직원들은 못 봤어요. 어디서 큰 소리 나는 걸 듣고 확인해 본다고 위로 올라간 사람이 몇 있었는데, 돌아오진 않았고요."

"그… 제 가방이 여기 사물함에 있어서요. 지금은 그것도 어딨는지 모르겠는데…. 어, 핸드폰 어디 갔지?"

진은 "핸드폰, 핸드폰."이라고 혼잣말을 중얼거리는 직원을 바라보다가, 좀 전의 비상계단 앞에서 찰랑대던 검은 물빛을 문득 떠올렸다.

프리 릴레이

"여기 있음 안 돼요. 올라가야 해요."

진이 조금 격앙된 말투로 사람들에게 말했다. 확실히 이곳은 너무 고요했다. 정전만 아니었다면 여기에는 아무 일도 없는 줄 알았을 것이다. 밑에서 무슨 일이 벌어지고 있는지 전혀 알아챌 수 없을 정도로, 조용하다는 점이 오히려 수상하게 느껴졌다.

진은 드라이 백에서 핸드폰을 꺼내 배터리 잔량을 확인했다. 인터넷은 여전히 잡히지 않았지만, 핸드폰 불빛을 이용해 볼 수는 있을 듯했다. 현재 배터리 잔량은 60% 정도. 지하 1층까지 올라가는 길만 찾으면, 밖으로 나가는 건 시간문제다.

"혹시 플래시 켜실 수 있는 분들 계세요? 핸드폰으로요."

진이 먼저 핸드폰의 플래시 버튼을 눌러 사람들의 아래쪽을 비췄다. 사람들은 주머니에서 주섬주섬 핸드폰을 꺼내 들고, 진을 따라 플래시를 켰다. 설은 어딘가에 흘리고 왔을 핸드폰이 아쉬웠다. 비상 전등 같은 걸 찾기 전까진 진의 불빛을 따라 걸을 수밖에 없었다.

세 개의 불빛이 바닥을 밝혔다. 진이 먼저 앞장섰다. 진은 불빛으로 센터 이곳저곳을 비춰 봤다. 적어도 바로 앞에 무엇이 있는지는 확인할 수 있었다. 풀색의 러그가 곳곳에 깔려 있었다. 속이 빈 투명한 플라스틱 공이 여기저기 널려 있는 걸 보니, 지하 2층은 키즈 카페인 듯했다. 둥글고 알록달록한 책상과 의자들이 곳곳에 보였다. 전부 아이들의 키에 맞춘 낮은 높이의 가구들이었다. 다들 가지런히 놓여 있어 그것들을 피해서 걷기는 어렵지 않았다. 적어도 날카로운 것들은 이곳에 존재하지 않겠다는 생각에 진은 안도했다.

직원을 포함한 다른 사람들 모두 엘리베이터를 타고 지하 2층으로 내려왔기에, 에스컬레이터나 다른 계단의 위치를 알지 못했다. 때문에 각자 조금씩 다른 방향을 비추되 함께 모여서 걷기로 했다. 앞을 비출 불빛이 없는 설은 진의 곁에 바짝 붙어 걸었다. 빛에 신경 쓰느라 정작 자기 앞을 보지 못해 비틀거리며 이동하는 진을 설이 간간이 잡아 주었다.

아홉 명의 사람들은 대각선으로 이동해 봤지만, 문이나 계단 같은 건 찾을 수 없었다. 한 아이가 에스컬레이터를 발견했다며 사람들을 멈춰 세웠는데 플래시를 비춰 보니 미끄럼틀이었다. 진은 미끄럼틀 근처에서 방향을 틀어, 벽을 따라 길게 센터를 한 바퀴 돌자고 제안했다. 설은 진의 바로 옆에서 걸었고, 진의 뒤를 두 개의 불빛이 바짝 쫓아갔다. 핸드폰을 든 사람들은 벽과 바닥을 비추며 걷다가 틈이 보이면 바로 불빛을 위로 들어 문이 있는지 확인했다.

그렇게 한쪽 벽을 훑고 모서리를 지나 다른 벽으로 이동하려고 할 때, 진은 바닥에서 조그마한 직선의 불빛을 발견했다. 철문이었다.

"문이에요, 문!"

진은 자리에 멈춰 서서 숨을 가다듬으며 문을 비춰 보았다. 비상계단으로 이어지는 철문과는 다른 색이었다. 진은 핸드폰의 플래시를 끄고, 가만히 문에 귀를 댔다. 아무런 소리도 들리지 않았다. 옆에 서 있던 설도 진과 같이 문에 한쪽 귀를 대고, 무슨 소리가 들리는지 확인했다. 역시 조용했다.

"거, 거기 다른 비상계단일 수도 있겠어요."

뒤에 서 있던 직원이 말했다. 진과 설은 동시에 고개를 끄덕였다.

"일단 여기 한번 확인해 보죠."

진의 뒤에 붙어 오던 부부로 보이는 남녀가 앞다투어 철문을 향해 튀어 나갔다. 그들은 누가 먼저랄 것 없이 문을 세차게 밀었다. 문고리가 없는 문은 쉽게 열렸다.

"이게 뭐야."

먼저 문을 열고 안쪽으로 들어간 남자가 중얼거렸다. 진과 설을 포함한 나머지 사람들은 모두 열린 문에 기대어 안쪽으로 고개를 들이밀었다. 먼저 들어간 남자와 여자가 곧 다른 사람들이 설 자리를 마련하기 위해 몇 발자국 걸음을 옮겼다. 갑자기 밝아진 시야 때문에 다들 미간을 살짝 찌푸렸다.

그들의 눈앞에 나타난 건 지금까지 애타게 찾던 에스컬레이터였다. 천장에서 떨어진 듯한 흰색 장식물에 반쯤 짓눌려 절반 정도가 부서진, 그러니까 절반 정도만 멀쩡한 형태의 에스컬레이터가 문 뒤에 자리하고 있었다.

반파된 에스컬레이터를 확인한 사람들은, 저마다 탄식했다. 아이들은 천진하게 '계단이 부서졌다'며 울었다. 사람들이 들고 있던 핸드폰의 불빛들이 하나둘 꺼졌다. 진도 핸드폰 배터리를 확인한 후 아차 싶어 바로 플래시 버튼을 눌러 불빛을 껐다.

"그런데 여기엔 전기가 들어오네요."

멀리 떨어져 있던 한 여자가 말했다.

"전기가 들어온다는 건, 적어도 여긴 안전하다는 거 아닐까요?"

갈라진 목소리로 이야기하는 여자를 사람들이 일제히 바라봤다. 여자의 손을 꼭 잡고 있던 양 갈래 머리의 아이가 코를 훌쩍이기 시작했다.

"그런데 에스컬레이터가 저 상태면…."

프리 릴레이

설은 원래 형태를 반쯤 잃은 에스컬레이터를 천천히 살폈다. 에스컬레이터의 검은 핸드레일 벨트 한쪽은 멀쩡했고, 다른 한쪽은 늘어진 고무줄처럼 바닥에 떨어져 있었다. 작동은 당연히 되지 않는 듯했다. 설은 에스컬레이터에 가까이 다가가 그 위로 추락한 조형물을 들여다봤다. 사람들은 에스컬레이터와 직원을 번갈아 보며 해답을 구하는 듯했지만, 파란 옷의 직원은 여전히 머쓱한 표정으로 바닥만 보고 있었다.

에스컬레이터 쪽으로 고개를 내미는 설을 바라보던 진이, 다급하게 설을 말리려 손을 뻗었다.

"이쪽으로 가면 올라갈 수 있어요."

진의 손이 설에게 닿기 전에, 설이 먼저 입을 열었다. 사람들의 시선이 일제히 설의 얼굴로 쏠렸다. 설은 조형물을 손으로 한 번 약하게 밀치며 말을 이었다.

"저 뒤에 에스컬레이터를 잇는 지지대는 그대로예요. 이것도 위에서 떨어진 거긴 한데, 위를 보면 더 떨어질 건 없어 보이고."

설은 손을 뻗어 천장 쪽을 가리켰다.

"저기 보이죠? 저 위에 바로 1층까지 이어지는 공간 같은 게 보여요."

설의 말이 끝나자마자 사람들이 조심스레 에스

컬레이터 앞에 모여들었다. 설이 손가락으로 가리키는 방향에는 높은 천장이 있었다. 얼핏 봐도 바로 위의 층보다 훨씬 더 높은 곳까지 뚫려 있는 공간이었다. 확실하게 단정하긴 어려웠지만 적어도 지상층으로 통하는 게 분명했다.

"가다가 무너지거나 하면 어쩌죠?"

한참 동안 위를 올려다보던 흰색 점퍼의 남자가, 설을 보며 말했다. 설은 다시 한번 주의 깊게 위를 살피며 남자에게 답했다.

"저 위 라인을 보면 천장에서 뭔가 떨어질 만한 게 더 이상 없어요. 에스컬레이터가 완벽히 안전하다는 보장은 없지만… 그래도 여기 가만히 서 있는 것보다는 낫지 않을까요?"

설의 말이 끝나자, 사람들은 에스컬레이터 주변부의 공간을 두리번거리며 짧게 고개를 끄덕였다. 문 안쪽에는 에스컬레이터 말고 다른 비상문이나 통로 같은 건 존재하지 않았다. 게다가 반대편의 비상계단은 지하 1층 아래서 막혀 있었다.

모두 한꺼번에 오르기보단 시간 차를 두고 한 명씩 위로 올라가기로 합의했다. 한 사람이 에스컬레이터 끝까지 올라가 위층에 다다르기 전까지 다음 사람은 대기하기로 했다. 두 아이의 어머니로 보이는 여자 두 명은 무릎을 꿇고 아이들과 눈을 맞춘

프리 릴레이

채 올라가는 방법을 설명하고 있었다. "엄마 손을 꼭 잡고, 같이 가는 거야. 오른쪽은 보지 말고 왼쪽만 보면서, 미끄럼틀 계단 오르는 것처럼 그렇게 가자." 아이들은 코를 홀쩍이며 고개를 끄덕였다.

흰색 점퍼를 입은 남자가 먼저 출발했다. 사람들은 일렬로 서서 차례를 기다렸다. 진과 설은 가장 마지막에 출발하기로 했다. 아주 환하진 않지만 빛이 있었기에 사람들은 조심해서 움직일 수 있었다. 진은 위로 향하는 사람들을 바라봤고, 설은 에스컬레이터를 등지고 서서 안쪽으로 물이 들어오진 않는지 주시하고 있었다.

그때 작은 소리가 설의 귓가를 스쳤다. 벽을 손톱으로 긁는 듯한, 일정한 소리. 설은 뒤로 돌아 사람들을 바라봤지만 누구도 그런 소리를 내고 있지 않았다.

"이상한 소리 안 나요?"

설은 여전히 에스컬레이터 위쪽을 주시하고 있는 진에게 말했다. 진은 눈을 깜박이며 잠시 주의를 집중했다. 하지만 아무 소리도 나지 않았다. 들리는 소리라곤 위로 천천히 이동하는 사람들의 발소리, "조심해, 잘 잡아."라는 말뿐이었다.

"혹시 저 벨트 잡는 소리, 그거 말하는 거예요?"
"아니에요. 저 소리 말고 뭔가 좀 이상한, 뭔가

자꾸 콩콩거리는 소리가⋯."

설은 에스컬레이터 앞의 문에 붙어 안쪽을 향해 귀를 기울였다. 심장이 빠르게 뛰기 시작했다. 희미하게 들리던 일정한 소리가 더 선명하게 들려왔다. 설은 이 소리를 알고 있다. 그것과 정확히 같지는 않지만 무엇인지 알 것 같았다. 문을 긁는 소리, 문을 일정한 속도로 두드리는 소리. 사람이 내는 게 아닌, 그보다 작은 존재가 내는 소리. 순간 목구멍 너머 어딘가가 울렁이는 느낌이 들었다.

몇 초간 잠잠했다가 또다시 철문 너머로 작은 소리가 들려오자, 설의 머리보다 몸이 먼저 움직였다. 설은 거침없이 철문을 열고 바깥쪽으로 사라졌다. 진은 엘리베이터를 향해 서서 집중하고 있다가, 갑자기 문을 열고 뛰어가는 설을 보며 당황했다. 위에서 몇몇 사람이 무슨 일이 있느냐 물었다. 철문이 진의 눈앞에서 빠르게 닫혔다. 문 바깥쪽에서 설의 타닥거리는 발소리가 들렸다.

왜 저러는 걸까. 무슨 소리를 들었길래 저러는 걸까. 저기로 갔다 다시 돌아오는 길에 에스컬레이터가 무너지기라도 하면 어쩌려고. 진은 머리를 감싸 쥐었다. 그런데 무엇보다⋯.

"먼저 가세요, 곧 갈게요!"

진은 위에서 아래를 내려다보는 사람들을 향해

프리 릴레이

외치고, 바로 설이 열었던 철문을 밀어젖혔다. 뒤이어 주머니에서 핸드폰을 꺼내 배터리를 확인했다. 43%.

무엇보다… 설에겐 핸드폰이 없다. 불빛 하나 없이 어둠 속을 뛰는 건 한 번이면 족했다. 진은 핸드폰을 정면으로 들고, 어두운 공간을 비췄다.

하이다이빙

진은 질척한 바닥을 밟으며 어둠 속에서 설을 찾았다. 몇 분 전까지만 해도, 물기 하나 없던 바닥이었다. 진은 초조했다. 물이 어디서 오는지 분간하기 힘든 상황에서 다시 제자리라니. 붕대가 대충 감긴 무릎을 반사적으로 쓸어내렸다. 최악의 상황이 다가오기 전에 설을 찾아야 했다.

"김설!"

진은 저도 모르게 설의 이름을 불렀다. 김설, 김설…. 혼자서 속으로는 수없이 불렀던 이름이지만, 이렇게 실제로 내뱉는 건 처음이었다. 도대체 어디로 간 거야, 김설.

"여기요, 여기. 이쪽요, 이쪽."

그때 정면 멀리에서 진을 부르는 소리가 들렸다. 불빛이 하나도 없는 캄캄한 어둠 속이었지만 저기 있는 사람이 설이라는 건 알 수 있었다.

하이다이빙

진은 불빛으로 바다 쪽을 비추면서 조심스럽게 앞을 향해 걸었다. 설이 자신을 계속 부르는 소리에 귀를 기울였다.

진이 설 근처에 다다르자 설이 자신이 앉아 있는 곳으로 진을 끌어당겼다. 순간적으로 허리를 숙이게 된 진은 설의 몸에 쓰러지듯 기댔다.

"이 위에 벽장 같은 게 있어요. 머리, 머리 조심."

설의 말에 불빛으로 머리 위를 한번 확인한 진은, 머쓱해져 자세를 바로잡았다.

"아니, 그냥 막 그렇게 나가면 어떻게 해요. 왜 여기 있어요. 빨리 가야 한다고…."
"여기, 여기 아래 좀 봐요. 제 말이 맞죠?"

설은 한쪽 벽면을 가리켰다. 진은 설이 가리키는 방향을 핸드폰 플래시로 비췄다. 무언가를 긁는 소리가 이제 코앞에서 들렸다. 투명한 사물함 같은 공간에서, 흰색의 작은 강아지가 두 사람 쪽으로 코를 박고 킁킁거리고 있었다. 강아지는 발톱으로 닫혀 있는 문을 빠르게 긁어 댔다.

"이 소리 맞죠? 저기서부터 들리던 소리. 강아지가 있어요."

강아지, 라는 단어를 말하며 설은 울컥하는 감정을 조용히 잠재우려 애를 썼다. 진은 불빛을 강아지가 들어 있는 유리 장 아래위로 비추며 벽을 훑었다. 흰 강아지가 있는 장 양옆과 위아래로 그와 비슷한 공간인 강아지를 임시로 보호할 때 쓰는 듯한 케이지가 즐비했는데, 진짜로 강아지가 있는 곳은 하나밖에 없었다. 흰 강아지가 발로 계속 문을 긁어 대고 있는 유리 벽에는, 매직으로 쓴 듯한 글자가 적혀 있었다. '초코'.

작은 강아지를 확인한 진은 무의식적으로 눈살을 찌푸렸다. 최근까지 거의 잊고 있었던 기억이 떠올랐기 때문이다. 다친 다리 안쪽이 욱신거리는 느낌이 들었다.

"진짜 이름은 초코가 아닐 수도 있어요. 그것보다⋯."

설은 유리 장 문을 달칵 열고 손바닥보다 조금 큰 크기의 강아지를 안아 들었다. 흰 강아지는 짖는 듯 입을 벌렸지만, 아무런 소리도 나지 않았다.

"짖는 소리가 났다면 아까 저기로 가기 전에 알아차렸을 텐데. 수술 같은 걸 했나 봐요."

설은 가볍게 강아지를 쓰다듬었다. 강아지는 무음의 짖음을 멈추고, 혓바닥을 내밀어 헥헥거리기 시작했다.

"잠깐. 잠깐만요. 지금 개랑 같이 가겠다는 거예요?"

하이다이빙

설이 어리둥절한 표정으로 진을 물끄러미 바라봤다. 진은 표정을 더욱 구기며 재차 물었다.

"그러니까 초코고 뭐고, 개를 데리고 가겠다는 거냐고요."
"당연한 거 아니에요?"

헐떡거리며 설을 따라 뛰어왔던 진은, 마음속에서 끈 같은 무언가가 뚝, 하고 끊어지는 느낌이 들었다.

"몸 하나 건사하기도 힘든데, 개를 데리고 가겠다고요? 제정신으로 하는 말이에요, 지금?"
"아니, 그럼 어떻게 해요. 그냥 두고 갈 수는 없잖아요. 여기서 계속 있었을 거고, 분명 무서웠을 텐데."
"무섭고 어떻고를 떠나서, 애초에 여기 오지 말았어야죠! 여기 위에 벽장이 무너지면 어쩌려고요. 그런 생각도 안 해요? 그런데 부득불 와서, 지금 개를 데리고."

진은 아까 아래층에서 굳은 듯 멈춰 있던 설의 모습을 떠올렸다. 그래 놓곤 또 막무가내로 뛰어가는 바람에 걱정했는데, 고작 개 때문이라고? 직감 때문이라고?

"아니, 어떻게 그런 식으로 말할 수 있어요. 어쨌든 갇혀 있던 개를 꺼냈으니 잘된 거잖아요."

"그럼 저는요? 여기까지 같이 왔는데, 맘대로 하라고 내버려 둘 수도 없잖아요. 저도 걱정되니까 여기 다시 온 건데. 불도 없이, 갑자기 뛰고, 또 사라지고."

진은 들고 있던 핸드폰의 배터리 잔량을 확인했다. 32%. 진은 핸드폰 불빛을 잠시 끄고 어둠 속에서 설을 바라봤다.

"그럼 어떻게 해요. 그냥 두고 갈 수 없어요. 본인 강아지라면 그럴 수 있겠어요?"

진은 당장 사람이 죽고 살 수도 있는 상황에 이렇게 실랑이를 벌이고 있는 시간이 아깝다는 생각이 들었다. 하지만 그렇다고 설과 강아지를 무시하고 떠날 순 없는 노릇이었다.

"여기 두고 갈 수는 없다고요. 제가 책임질게요. 여기 있다간 곧 죽을 거란 말예요."

두 사람은 잠시 침묵했다. 암흑 속 어딘가에서 물이 졸졸 흐르는 소리가 들려왔다. 진의 머릿속은 여전히 물음표로 가득 차 있었다. 그러다 우리가 죽으면? 지금은 괜찮다 해도, 앞으로가 문제였다. 하지만 설은 확고했고, '곧 죽을지도 모른다'는 설의 말이 진의 마음에 턱, 소리를 내며 들어앉았다.

"제가 안고 갈게요."

말을 마친 설은 강아지를 안정적으로 고쳐 안았

하이다이빙

다. 설의 팔 안쪽에서 강아지의 팔딱팔딱 뛰는 심장이 느껴졌다. 동시에 설의 손목에 있는 스마트워치에서 심박수 변동을 알리는 진동이 울렸다. 설은 강아지의 하얀 털을 다시 몇 번 쓰다듬었다. 털의 부드러운 감촉이 손가락 사이를 파고들 때마다 상대적으로 털이 뻣뻣했던 백일이의 목덜미를 떠올렸다. 그 뒤로 지금까지 개는커녕, 길고양이 한번 만져 본 적 없었다.

"그…."

진이 말을 꺼내려다 입을 닫았다. 지금은 입씨름할 때가 아니다. 게다가 설이 책임지겠다고 했으니, 이젠 어쩔 도리가 없었다. 김설이 강아지를 키운 적 있었나? 진은 핸드폰을 열어 설의 인스타그램을 확인해 보고 싶은 마음이 들었다. 전파가 터지지 않는데, 도대체 무슨 생각을 하는 거야. 정신 차리자, 허진.

"그럼 가죠, 빨리."

진은 마음속으로 얼굴을 짝짝 두 번 두드리고 설을 재촉했다. 설은 강아지를 오른팔에서 왼팔로 옮겨 안고는 진을 따라 걸었다. 작고 가벼운 강아지는 설의 품속에서 버둥대지 않았다. 백일이였다면, 이렇게 한 팔로 안을 수 없었을 텐데. 설은 또다시 울컥 올라오는 슬픈 감정을 애써 꾹꾹 눌렀다. 지금은 이럴 때가 아니다. 일단 나가야 해.

나무 바닥은 유입된 물로 인해 미끄럽게 변했다. 진은 핸드폰 불빛을 켜고 에스컬레이터 쪽으로 천천히 이동하며 연신 코를 훔쳤다. 수영장에서 맡았던 옅은 락스 냄새가 바닥에 깔린 듯했다. 아까 지나온 지하 3층은 이미 물바다가 되었겠구나 싶었다. 이 건물 안에서 얼마나 오랜 시간 버틸 수 있을지 궁금했다. 일단 빨리 나가는 게 중요하지만, 나가지 못한다면 어디서 어떻게 머물며 구조를 기다려야 할지 감이 오지 않았다. 여기서 이런 일이 벌어지리라고 누가 짐작이나 했을까.

두 사람은 조심스레 왔던 길을 되짚어 다시 에스컬레이터 앞에 도착했다. 나머지 사람들은 이미 위로 모두 올라간 듯했다. 위에서 소란스러운 목소리들이 들렸지만, 무슨 말을 하는지 정확히 알 수 없었다. 아이 우는 소리가 벽을 타고 울렸다. 진과 설은 차례로 위쪽을 올려다봤다. 에스컬레이터가 지상까지 이어져 있다면 진작에 다들 탈출했어야 하는데, 사람들은 한곳에 모여 뭔가 이야기를 주고받는 듯 보였다. 빨리 올라가 상황을 알아보는 게 급선무였다.

진이 주춤하는 사이, 설이 먼저 에스컬레이터의 벨트 부분을 잡았다. 사람들이 다 올라간 뒤에도 에스컬레이터가 멀쩡한 걸 보면, 두 사람이 동시에 올라가도 괜찮을 거라고 설은 생각했다. 설은 들고 있던 강아지를 살며시 계단 위로 내려놨다. 혀를 길게 내밀고 숨을 고르던 강아지는, 천천히 계단을 하나씩 올랐다.

밑에서 봤을 때는 디딜 수 있는 면적이 넓지 않아 보였는데, 막상 위에 올라가 보니 발 디딜 공간도 넉넉했고 생각보다 견고했다. 설은 짧은 다리로 계단을 오르는 강아지를 주시하며, 여전히 바닥에서 에스컬레이터 쪽을 올려다보고 있는 진에게 손을 내밀었다. 진은 자신을 향해 곧게 뻗은 설의 오른손을 보며, 숨을 가다듬고 천천히 설을 향해 걸음을 옮겼다.

"고소공포증 같은 거 있어요?"

앞서가던 설이 뒤따라오는 진을 바라보며 물었다. 진은 고개를 가로저었다.

"그런 건 아닌데, 예전에 몇 번 다쳐서요."
"클라이밍 같은 거 하다가요?"
"그냥…."

진은 아직 붕대가 촘촘하게 감겨 있는 무릎을 내려다보며 말을 얼버무렸다. 설은 진의 꾹 닫힌 입을 바라보다 다시 걸음을 옮겼다.

"아까 미안했어요."

진은 깜짝 놀라 설을 바라봤다.

"저는 사실 물이 무섭거든요, 수영이 힘들고. 바닷가에서 나고 자랐는데도요."

설은 강아지를 보며 말을 이었다.

"예전에 키우던 강아지를 사고로 잃은 적이 있어요. 어릴 때였는데 아직 그 기억이 남아 있는 줄 몰랐네요. 강아지가 내던 소리나, 강아지가 문을 긁을 때 나는 소리나…."

진은 걸음을 멈추고, 설을 바라봤다. 아무렇지 않게 '무섭'다고 말을 하는 설이 신기했다. 진은 달리기에 대한 트라우마를 계속 가지고 살았지만, 지금까지 단 한 번도 다른 사람 앞에서 그 이야기를 꺼내 본 적이 없었다. 피하고 싶고, 말하기 싫은, 그런데 내색은 할 수 없는 그런 것. 그냥 '다친 적이 있다' 정도로 넘어가면, 다른 사람들은 달리기를 피하는 이유를 다시 물어보지 않았다. 어릴 때는 '원래 아프다'고 말하면 끝이었기에 좀 더 쉬웠다. 운동을 꾸준히 하는 사람들이라면 무조건 다양한 운동을 두루 잘해야 한다는 편견이 늘 진을 감싸고 있었다. 설은 그런 의무감으로부터 자유로웠을까. 진은 처음으로 설에게 동질감을 느꼈다. 물을 두려워하지 않는 자신이 처음으로 설보다 유리한 포지션을 차지하고 있다는 묘한 우월감과 함께.

"그럼 훨씬 힘들겠네요."

하이다이빙

"뭐가요?"

"그냥 이런 상황요. 여차하면 수영이라도 해야 하는데."

진은 머릿속으로 물에 빠진 설을 끌고 물 위로 올라가는 자신의 모습을 상상했다.

"확실히… 그렇긴 하죠. 그래도 혼자가 아니니까요. 이것도 빌려주시고."

설이 슈트 손목을 잡아당기며 말했다.

"진짜 수영을 해야만 하는 상황이 오면, 그땐 어떻게든 하겠죠."

혹시라도 더 위급한 상황이 오게 되면, 나도 달릴 수 있을까. 진은 자전거 더미를 뛰어넘던 설의 다리를 떠올렸다. 설의 말을 곱씹으며 진이 말을 이으려던 찰나 머리 위에서 사람들이 발을 구르는 소리가 크게 들렸다. 두 사람은 좀 더 속도를 내서 사람들이 모여 있는 지하 1층의 에스컬레이터 앞으로 올라갔다. 지하 1층으로 향하는 마지막 계단을 밟기 전에, 설은 주춤하던 강아지를 들어 올려 다시 품에 안았다.

사람들은 한쪽 벽 앞에 모여 있었다. 사람들의 머리 위로는 벽 쪽으로 기대져 있는 임시 계단이 보였다. 계단은 두 사람이 나란히 다닐 수 없을 정도로 좁아 보였다. 사람들의 발이 묶인 이유는 계단 맨 아래에 둘려 있는 접근 금지 테이프 때문이었다. 그 양옆으로 마네킹과 옷가지 등이 여기저기 널브러져 있었고, 위에서 떨어진 듯한 유리 조각도 드문드문 보였다.

"안 올라가고 뭐 해요? 이건 뜯으면 되잖아요."

진이 사람들 앞으로 성큼 나서 안전 테이프를 뜯으려 손을 뻗었다.

"안 돼요!"

갑자기 쩌렁한 목소리가 들렸다. 센터 직원이었다.

"안 돼요, 여긴 너무 위험해요. 여기로는 절대 못 올라가요."

직원은 거의 울먹이는 목소리로 두 손을 배배 꼬며 말했다. 그 옆에서 눈썹을 찌푸린 남자가 무언가를 생각하는 듯 위를 바라보고 있었다. 진은 남자와 직원을 번갈아 바라보며 말했다.

"여기 말고 다른 방법이 있나요? 저 위로 가면 바로 지상이잖아요. 에스컬레이터도 안 보이고, 그걸 찾느니 여기가 제일 빠를 것 같은데요."

직원은 여전히 사색이 된 얼굴로 뭐라고 중얼중얼거리며 위를 바라보고 있었다. 직원 옆에 서 있는 남자가 진에게 소리쳤다.

"접근 금지라고 쓰여 있는 거 안 보여요? 여기

직원도 위험하다고 하잖아요."

"아니, 그건 평소나 그런 거지 지금은 비상 상황이잖아요. 여기 말고 위로 올라갈 방법이 있어요? 어디에 있는데요."

진은 남자를 쏘아보다 곧 뒤로 물러나 있는 사람들에게 시선을 돌렸다. 설은 진을 등지고 서서 다른 벽들을 확인했다. 다른 벽들에는 이런 임시 계단이 없었다. 계단은 확실히 위태위태해 보였고 드문드문 무언가의 잔해가 떨어져 있긴 했지만, 진의 말대로 다른 방법은 없어 보였다.

"계단, 계단이 있다고 했잖아요. 계단."

남자가 몸을 휙 돌려 직원을 향해 소리쳤다. 직원은 깜짝 놀라 엉거주춤 뒷걸음을 쳤다.

"저… 저는 여기 알바생이라 몰라요. 들어온 지 얼마 안 되었고 또… 그 계단… 그런 건…."

진은 직원에게서 등을 돌리고, 짜증 섞인 한숨을 쉬며 남자에게 말했다.

"그러니까 그 계단은 아래층까지만 이어지는 거라고요. 저쪽하고 저기 좀 봐요. 여기는 다른 계단도 안 보이고, 에스컬레이터도 없고, 저 끝에 있는 엘리베이터는 당연히 고장 났고."

진과 남자의 뒤에 있던 사람들은, 진이 손으로 가리키는 곳을 따라 차례로 시선을 옮겼다. 뒤늦게 아이들이 설의 품에 안긴 강아지를 보며 신기하다는 듯 자신의 엄마를 불렀지만, 작은 목소리들은 곧 어른들의 웅성거림에 파묻혔다.

"여기서 구조를 기다리죠. 핸드폰 좀 줘 보세요."

남자가 진에게 다짜고짜 손을 내밀었다.

"뭐요? 이건 제 거예요. 어차피 안 터져요, 핸드폰. 그리고 요 밑까지 물이 차 있다니까요? 빨리 가야 한다고요."

"아니 글쎄, 여기로 어떻게 다 같이 올라가냐고요. 딱 봐도 곧 쓰러지게 생겼는데, 혹시 위에서 어, 기둥이라도 떨어지면, 책임질 거냐고요."

높아진 남자의 언성에, 옆에 있던 아이가 훌쩍이기 시작했다.

"여기 말고 올라갈 데가 없잖아요, 올라갈 데가. 이러다 여기도 침수되면, 그땐 어떻게 하려고요? 헤엄이라도 치게요?"

"암튼 빨리 핸드폰 좀 줘 봐요. 내가 걸어 보게."

계속해서 손을 내미는 남자를 무시한 채, 진은 계단 앞으로 걸어가 접근 금지 테이프를 뜯기 시작했다. 진의 행동을 바라보던 남자는 화가 난 듯 진에게 다가가 진이 들고 있던 핸드폰 쪽으로 손을 뻗었고, 진의 바로 뒤에 있던 설이 진을 향해 뻗은 남자의 손을 거칠게 밀쳤다. 남자는 거의 넘어질 듯이 뒤로 밀려났다.

"아이씨, 이 여자들 사람 치겠네."

남자는 자신의 손을 어루만지며 설을 노려봤다.

"밑에서 물이 올라오고 있다고요. 우리 여기서 싸울 시간 없어요. 구조 요청은 저 위에 올라간 다음에 생각해요."

획 돌아선 남자는, 다른 출구를 찾겠다며 계단 반대편을 향해 걸어갔다. 그의 일행으로 보이는 빨간 옷의 여자는 중간에서 안절부절못하고 있었다.

진은 멀어지는 남자를 흘겨보다가 다시 테이프를 뜯는 일에 집중했다. 설은 강아지를 잠시 계단 옆에 내려 둔 채 진을 도왔다. 강아지는 움직이지 않고 가만히 앉아 설을 바라보고 있었다. 양 갈래 머리 여자아이의 손을 줄곧 꼭 잡고 있던 아이의 엄마가, 조심스레 다가와 위아래로 길게 붙여진 테이프를 뜯는 걸 돕기 시작했다. 곧이어 줄곧 멀뚱히 서 있던 다른 남자가 계단 옆에 달라붙어 주변의 유리 조각을 옆으로 조심스럽게 치웠다.

"엄마."

비상계단을 막고 있는 테이프를 거의 제거했을 무렵, 뒤에 서 있던 아이 둘이 일제히 자기 엄마를 부르기 시작했다.

"엄마아."

진의 바로 뒤에 있던 여자가, 아이 쪽으로 고개를 살짝 돌리며 답했다.

"안 돼, 거기 가만히 있어."

하지만 아이는 계속해서 엄마를 부르며 조잘조잘 말을 이었다. 다른 아이도 합세해 계속해서 각자의 엄마를 불렀다.

"저기 무지개."
"엄마, 저기 폭포가 있어."
"폭포가 아니라 무지개야."
"봐 봐, 저거 봐. 빛나잖아, 바보야."

아이들이 시끄럽게 떠들자 여자아이의 엄마가 짜증 난다는 듯 몸을 돌렸다.

"도대체 왜 그래, 너희들. 잠깐만 가만히 있어 봐, 엄마 지금 바쁘잖아."
"그게 아니라 저기, 위에 봐 봐."

아이의 손가락이 가리키는 곳으로 여자는 시선을 옮겼다. 붉은 물줄기가 바닥으로 떨어지고 있었다. 한 아이가 또다시 "저건 무지개색이야."라고 말하자마자 물줄기는 너비를 넓히며 무섭게 밑으로 쏟아졌다. 계단 앞에서 씨름하고 있던 사람들은 일제히 뒤로 돌아 물소리가 나는 곳을 바라봤다.

하이다이빙

엄마들의 비명이 먼저 터져 나왔다. 진과 설은, 그들보다 늦게 폭포처럼 쏟아지는 붉은 물을 발견했다. 떨어지는 물줄기 사이로, 아까 사라진 백색 점퍼를 입은 남자가 달려오는 모습이 보였다. 온몸에 진흙과 기름을 묻힌 채 남자는 거의 울부짖으며 이쪽을 향해 외치고 있었다.

"빨리, 빨리 위로!"

남자의 말이 끝나자마자 계단 앞에 서 있던 사람들은, 아이 어른 할 것 없이 일제히 계단을 오르기 시작했다. 계단 위쪽에서 크게 삐걱대는 소리가 들렸다. 진과 설은 맨 뒤에서 계단을 올랐다. 좁은 계단은 순식간에 아수라장이 되었고, 물이 쏟아지는 소리는 점점 더 크게 들려왔다.

계단 위로 걸음을 옮기던 설의 오른쪽 아래에서, 빙글빙글 돌고 있는 강아지가 보였다. 설은 무의식적으로 강아지를 향해 몸을 기울였고, 진은 오른쪽으로 기울어진 설의 몸을 붙들었다. 그때, 전속력으로 계단 앞까지 당도한 남자가 단숨에 계단 위로 쿵쾅거리며 뛰어 올라왔다.

"조심해요! 어어…!"

남자는 오른쪽으로 기울어져 있는 진과 설의 몸을 밀치며 위로 향했고, 남자가 밟고 간 계단에 있던 유리 파편이 바닥에서 튀어 올라 진과 설을 향해 날아왔다. 유리 조각과 남자의 몸뚱이를 피해 진과 설은 난간 오른쪽으로 몸을 더 기울였고, 그 순간 균형을 잃은 설이 먼저 아래로 떨어졌다. 설의 허리를 가까스로 잡고 있던 진 또한, 더 버티지 못하고 밑으로 쏟아지듯 미끄러졌다.

두 사람은 누가 먼저랄 것 없이 동시에 눈을 질끈 감았다.

하이다이빙

파트렉

진득한 붉은 물이 진과 설의 머리를 감쌌다. 코와 눈으로 흘러 들어오는 흙탕물 때문에, 진이 먼저 켈룩거리며 자리에서 일어났다. 진의 드라이 백 끈을 꼭 잡고 있던 설이 진을 뒤따라 일어서려다 엉거주춤하게 무릎을 꿇었다. 발목과 종아리에서 미지근하고 축축한 감각이 느껴졌다. 물은 빠르게 차오르고 있었고 이제 바닥은 더 이상 보이지 않았다. 설은 찰박거리는 바닥을 양손으로 짚고 일어나면서 강아지를 먼저 찾았다.

"저깄어요, 저 위에."

먼저 일어난 진이 설을 양손으로 일으키며 마치 설의 생각을 읽었다는 듯 회색 계단을 가리켰다. 강아지는 계단 위를 오르고 있었다. 사람들은 계단 중간에 덮인 천 조각을 치우느라 분주해 보였고, 강아지는 유유히 그 틈새를 빠져나가 1층으로 올라가고 있었다. 설은 강아지의 짧고 하얀 다리가 흔들거리는 계단을 하나씩 밟고 올라가는 모습을 잠시 지켜봤다. 진은 사람들의 비명 속에서 묘한 어지러움을 느꼈다.

파트렉

"어떻게 하죠?"

계단이 또 한 차례 휘청거렸다. 사람들의 비명이 한층 높게 울렸다.

"확실히 저기는 안 되겠어요. 우리까지 가면 무너질 수도 있을 것 같아요."

설과 진은 빠르게 다른 벽을 바라봤다. 계단이나 난간 같은 건 보이지 않았다. 그렇다고 물이 차오르는 동안 마냥 기다릴 수는 없었다. 여긴 실내고, 구명조끼나 구조 보트 같은 게 있을 리 만무하다. 진은 잠시 심호흡을 하며 바닥 쪽을 내려다봤다. 깨끗하고 투명한 물이 아닌, 이상한 기름때가 잔뜩 낀, 흙 비린내가 진동하는 물이다. 이런 물에서 수영해 본 적은 없었다.

아이들은 먼저 위로 올라가 아래를 내려다보며 울고 있었다. 아이들의 울음소리와 사람들의 고함 소리, 폭포수 떨어지듯 바다로 직행하는 물소리 때문에 정신을 차리기 어려웠다. 지하 1층은 금세 물에 잠길 것이다.

그때, 계단과 멀지 않은 곳에 있는 클라이밍 암벽이 설의 눈에 들어왔다. 아까 아이들이 손으로 가리키던 그 방향에 있었다. 암벽에는 1층 높이에서부터 아래로 길게 늘어뜨려진 밧줄이 몇 개 있었다. 암벽은 그리 높지 않았다. 설은 오전에 센터로

들어올 때 아래쪽을 내려다보며 했던 혼잣말을 떠올렸다. '미끄럼틀 타듯이 내려가도 되겠네.'

이곳의 암벽은 여느 클라이밍장의 그것과 달랐다. 그저 구색만 갖춰 놓은 가벽이라는 걸 한눈에 알 수 있었다. 기울기 때문이었다. 보통의 클라이밍장에서는 암벽을 지면과 수직에 가깝게, 그러니까 사람들이 오르기 힘들게끔 만들어 놓는다. 이곳의 암벽은 그렇게 전문적이지 않았다. 암벽이 아닌 경사도가 약간 있는 언덕이라 생각될 정도로 널찍했고 완만하게 누워 있었다.

물은 이제 허벅지까지 차올랐다. 달리 떠오르는 방도가 없어, 설은 진의 손을 잡아끌고 냅다 암벽 쪽으로 향했다.

"여기, 여기밖에 없어요."

설은 호흡을 가다듬고 진을 바라봤다. 암벽 바로 위에서 물이 떨어져 내려오는 속도가 조금 줄어들었다. 암벽을 바라본 진의 얼굴빛이 사색이 되었다.

"여기로 올라가자고요? 이렇게 높은 데를요?"
"방법이 없어요. 기다릴 수가 없잖아요."

설은 한쪽 발을 들어 올려 암벽의 홀더를 딛고 균형을 잡았다.

"여기 아래 이 튀어나온 거 보이죠? 이게 좀 넓

은 구간이 있어요. 이렇게 발 올리고 균형만 잘 맞추면 돼요."

설은 한쪽 팔까지 들어 올라가는 시범을 보이고는 다시 밑으로 점프해 내려왔다. 첨벙, 하며 튀어 오른 물 덩이가 두 사람의 얼굴께를 간지럽혔다.

"이… 이걸 밟고 저 위까지요?"
"여기 두툼하게 아이들용으로 만들어진 발판이 몇 개 있어요. 그것만 밟고 올라가면 될 거 같아요. 제 뒤만 그대로 따라오세요. 먼저 갈게요."

진은 클라이밍이라곤 한 번도 해 본 적 없었다. 하지만 지금은 찬밥 더운밥 가릴 때가 아니었다. 자신이 하는 대로 따라 올라오라는 설을 믿고 가볼 수밖에.

"잠깐만요."

앞서가는 설을 진이 다급하게 불렀다.

"가다가 떨어지면요."

진은 등에 메고 있던 드라이 백을 앞으로 돌려, 내용물을 모조리 밖으로 꺼내 던졌다. 그리고 텅 빈 드라이 백 안에 들고 있던 핸드폰을 넣은 다음, 최대한의 공기를 집어넣고 입구를 완전히 닫았다. 진은 통통하게 부풀어 오른 백을 설에게 건넸다.

"이거요."

설은 얼떨결에 드라이 백을 받아 들고 어리둥절한 표정을 지었다.

"떨어지면요. 그땐 수영해서 다시 올라와야 하잖아요. 이거 바다 수영 때마다 제가 부표로 쓰던 거예요."

"그럼 그쪽은요?"

설은 눈을 깜박이며 진을 바라봤다. 내심 진은 이상한 기분이 들었다. 아직 설이 자신의 이름을 기억하고 있다니. 진은 어깨를 으쓱이며 설에게 답했다.

"물은, 아시잖아요. 전 그거 없이도 괜찮아요, 아마도."

진은 순간 불안해져 말꼬리를 조금 흐렸지만, 적어도 설이 아무것도 없이 물웅덩이로 떨어지는 것보단 낫겠다는 생각이 들었다. 문제는 저 위까지 두 사람이 얼마나 빠른 속도로 올라가느냐였다. 진이 아래에서 설을 재촉했다.

"그러니까 먼저, 빨리 올라가세요. 저도 바로 뒤따라서 갈게요."

진은 설의 등에 백이 잘 고정되도록 벨트를 조였다. 설은 어깨를 두어 번 움직이곤, 다시 벽을 오르기 시작했다. 임시 계단 쪽에서 들려오는 사람들의 비명이 한층 커졌지만, 두 사람과 계단 사이를 물줄기가 파고들어 이제 더 이상 무슨 상황인지 살펴볼 수 없게 되었다.

트라이센터의 암벽은 재질이 미끄럽지 않고 기울기도 적당해 여차하면 한 번에 오를 수 있을 정도였다. 하지만 위에서 계속 쏟아지는 물줄기가 문제였다. 설은 빠르게 오르고 싶은 마음을 꾹 참으며, 차분하게 발을 디뎠다. 손이 가끔 미끄러졌지만, 발을 올려 지탱할 곳이 넓고 단단했기 때문에 상관없었다. 설은 밑에서 자신을 따라 올라오는 진을 수시로 바라보며, 빠른 속도로 암벽 맨 위를 딛고 1층에 도달했다.

설은 1층에 발을 딛고 나서야, 위에서 아래로 끊임없이 내려오던 물줄기가 밖에서 흘러 들어온 것이라는 사실을 깨달았다. 잿빛 하늘이 여전히 센터 위를 뒤덮고 있었다. 1층 전면은 통유리로 되어 있으나 폭우가 이어지는 날씨 탓에 빛은 거의 들어오지 않았다. 그래도 지하보다 밝다는 사실에 설은 안도했다. 물이 계속해서 지하로 내려가고 있어 1층 바닥은 걷기 어려울 정도로 미끄럽지는 않았다.

설은 몸을 숙여 진을 바라봤다. 진은 좀처럼 속도를 내지 못했다. 그렇다고 재촉할 수도 없었다. 아무리 진이 수영을 잘한다 해도, 이런 물난리에 휘말리면 살아남기 힘들지도 모른다는 생각이 들었기 때문이었다. 설은 진이 올라오는 방향을 주시하며 계속 소리쳤다.

"거기 옆에, 그 오른쪽 그거요. 그거 밟고 오른발, 네, 맞아요!"

설은 물에 젖어 풀어 헤쳐진 머리카락을 다시 꽉 묶고 온 정신을 진에게 집중했다. 진은 하얗게 질려 있었다. 아주 천천히 움직이는 진의 손과 발을 보며, 설은 끊임없이 진에게 올바른 방향이 어디인지 말했다.

그 순간 사람들이 붙어 있던 계단 앞쪽으로 무언가가 쿵, 하고 떨어졌다. 설은 반사적으로 소리가 나는 쪽을 바라봤다. 제대로 확인하긴 어려웠지만, 책장 같은 네모나고 긴 물체가 회색 계단 위에 박혔다. 그 반동으로, 난간의 한쪽이 완전히 주저앉았다. 진과 설이 남자와 실랑이를 벌이던, 정확히 그 자리의 난간은 아예 사라졌다.

"악!"

가까운 곳에서 들리는 비명에, 설은 고개를 돌렸다. 진, 진이 시야에서 사라졌다. 설은 눈을 비비며 급히 진을 찾았다. 지하 1층을 채운 물바다 한가운데에 진이 떠 있었다. 진은 얼굴을 쓸어내리며, 다시 암벽 쪽으로 빠르게 손을 움직이고 있었다.

진을 발견하자마자, 어지럽고 몽롱한 느낌이 설의 머릿속을 파고들었다. 설은 정신을 가다듬기 위

파트렉

해 도리질을 했다. 뭔가 이상했다. 좀 전과는 다른, 뭔가 이상하다는 생각에 마음이 어지러워졌다. 진이 다시 암벽을 오를 준비를 하는 순간, 설은 깨달 았다.

"무너지고 있어요!"

설이 밑에 있는 진을 향해 다급하게 외쳤다. 진은 실눈을 뜬 채 쏟아지는 물줄기를 맞으며 설을 바라봤다. 무너지고 있다니, 뭐가? 하지만 물음을 던질 여유는 없었다. 진은 암벽에 튀어나온 홀더를 꼭 붙잡고 재차 암벽을 오르기 시작했다. 그러고 보니, 좀 전에 비해 암벽에 매달리는 일이 더 힘들 게 느껴졌다.

"벽이 무너지고 있어요!"

이제는 확실하게 보였다. 설이 발을 딛고 있는 암벽의 끝에, 진이 올라오는 방향에 있는 암벽에 균열이 생기고 있었다. 설이 진을 향해 또다시 소리를 질렀다. 진은 아까보다 속도를 냈다. 양손이 뜯기듯 아팠지만 멈출 수 없었다. 설은 힘겹게 올라오는 진을 바라보며 발을 구르다가, 눈앞에 있는 세 개의 밧줄을 발견했다.

앞뒤 생각할 겨를 따윈 없었다. 설은 진을 향해 밧줄을 하나씩 던졌다. 첫 번째 밧줄은 진이 조금 전 빠졌던 물바다 가운데로 떨어졌고, 두 번째 밧줄은 진과 가까운 곳에 떨어졌지만 이내 물살 때문에 진으로부터 멀어졌다. 설은 진과 눈을 마주치며 세 번째 밧줄을 던졌고, 그 끄트머리를 진이 오른손으로 잡았다.

밧줄에 매달려 올라갈 정도의 힘은 진에게 남아 있지 않았다. 설에게도 밧줄 끝에 매달린 진의 무게를 버틸 정도의 체력은 없었다. 진은 온몸으로 밧줄에 매달리는 대신, 줄을 자신의 손목에 두 번 단단히 감아 고정했다. 이제 진에게도 갈라지고 있는 암벽이 보였다. 진은 줄에 의지하면서, 설이 올라간 루트를 차례로 따라갔다.

그사이 계단을 벗어난 사람들이 우르르 정문 밖으로 빠져나갔다. 설은 강아지를 찾았지만, 강아지는 보이지 않았다. 설은 불안한 마음을 가다듬고, 다시 고개를 돌려 진에게 집중했다. 밧줄은 쇠못으로 단단히 고정되어 있었다. 안전을 위해 설치된 것일 테니, 적어도 진의 무게 정도는 감당할 수 있을 듯했다. 설은 진의 발끝에 집중하며 진이 올라올 방향을 코치했다. 진은 설이 외치는 소리를 들으며, 온 힘을 발바닥에 집중했다. 미끄러질 것 같은 순간마다 밧줄을 단단히 잡았다. 이걸 놓치면, 더 이상의 기회는 없다는 생각을 하면서.

진이 암벽 끝에 거의 다다랐을 때 즈음, 진 바로 옆에 있던 암벽의 일부분이 쩍 하는 소리를 내며

파트렉

갈라져 아래로 떨어졌다. 설은 그와 동시에 밧줄을 두 손으로 잡고, 있는 힘껏 진을 끌어 올렸다. 손목이 아려 왔지만 힘을 뺄 수는 없었다. 설은 다시 밧줄이 단단히 고정된 걸 확인하고, 진 쪽으로 몸을 숙였다. 조금만, 조금만 더 버티면 된다. 진은 마음속으로 되뇌었다. 여기서 나가면 암벽 쪽은 쳐다도 보지 않으리라 생각하며, 진은 이를 꽉 물고 조금씩 위로 움직였다.

진이 오른발을 설이 서 있는 1층 바닥에 디디고 일어나자, 설은 쥐가 날 듯 얼얼해진 손을 밧줄에서 뗀 후 진을 와락 끌어안고 굴렀다. 다리의 힘이 다 풀린 진은 설이 이끄는 방향으로 쓰러졌다.

"… 됐다."

쓰러진 진이 중얼거렸다. 진은 하얗게 자국이 남은 양 손바닥을 설에게 들어 보이며 호흡을 가다듬었다. 설은 터질 듯 빨개진 얼굴로 헛웃음을 토했다. 등 뒤에서 무언가 육중한 것이 또 떨어지는 소리가 들렸다. 두 사람이 누워 있는 바닥이 약간 기우는 듯한 느낌도 들었다. 설이 진보다 먼저, 정신을 차렸다.

"이제 진짜로 나가요, 빨리."

설은 진의 팔을 잡아 일으켜 부축했다. 진도 소리를 들었다. 하지만 뒤를 돌아볼 여력조차 남지 않았기에, 무슨 소리인지 확인할 수는 없었다. 두 사람은 서로의 팔을 단단히 잡고 정문을 향해 내달렸다.

불과 몇 시간 전에 두 사람이 유유히 걸어서 입장했던 유리문은, 이미 원래의 모습을 찾을 수 없을 정도로 산산조각이 나 있었다. 유리 조각과 파편이 사방에 떨어져 있었고, 일부 잔해들은 센터 지하층을 향해 계속해서 흐르는 물살을 따라 이동하고 있었다. 진과 설은 유리 조각과 문의 잔해에 긁히지 않도록 조심하며, 센터를 빠르게 빠져나왔다. 뒤쪽에서 무언가 폭발하는 듯한 굉음이 들렸다. 둘은 눈을 질끈 감다시피 한 채로 최대한 정문에서 먼 곳을 향해, 달렸다.

비는 오전보다 잦아들었다. 하지만 바깥의 상황은 지하층과 거의 마찬가지였다. 하수가 역류할 때처럼, 땅 위의 물은 빠져나가지 못한 채 계속 고이고 있었다. 센터 밖의 빗물은 발목 높이까지 차오른 상황이었다.

센터 좌측에 있는 야외 주차장에, 아까 두 사람보다 앞서 계단을 오른 사람들이 모여 있었다. 두 가족은 각자 찢어져 서로 다른 SUV에 올라타는 중이었다.

"이쪽! 여기!"

파트렉

무리 중 누군가 두 사람을 향해 소리쳤다. 진과 설은 자신을 부르는 사람들을 등지고 다른 방향으로 걸었다. 자동차 키는 잃어버린 지 오래였고, 이 상황이면 자동차 위도 안전하지 않을 듯했다.

"저쪽으로 일단 가는 건 어때요?"

설이 센터 바로 옆에 있는 주차 타워를 가리켰다.

"그보다 이게 낫겠어요."

진은 물 위에 뜬 채 두 사람 옆에서 돌고 있는 파란색 패들 보드를 잡아끌었다.

"건물은… 또 무슨 일이 일어날지 모르니까요."

진이 먼저 훌쩍 패들 보드에 올라탔다.

"애는 저한테 익숙해요, 암벽보단 수만 배쯤?"

진은 보드의 중간 부분에 앉아 설에게 손을 뻗었다.

"두 사람이 올라가도 괜찮아요? 저는 다른 걸 찾아볼까요?"

설이 벙벙한 표정으로 두리번거리며 말했다. 진은 서 있는 설의 손목을 가만히 잡아 보드 쪽으로 기울어지도록 당겼다. 찰싹, 하는 소리와 함께 설이 보드 중앙으로 가볍게 엎어졌다.

"생각보다 넓죠? 어지간해선 잘 안 뒤집혀요."

설이 단단한 보드를 잡고 몸을 일으켜 앉았다. 보드는 제법 넓었고 튼튼했다. 설은 말없이 진을 향해 고개를 끄덕였다. 진은 보드의 앞쪽을 향해 자리를 고쳐 앉고, 노를 젓듯이 손을 움직여 센터의 반대편으로 향했다. 정확히는 주차장에서 먼 방향으로.

미친 듯이 퍼붓던 비는 얼마 지나지 않아 소강상태에 접어들었다. 하지만 하늘의 모습이 또렷하게 보이지는 않았고, 땅 위에 가득 찬 물은 어딘가로 빠져나갈 기미 없이 요지부동이었다. 발이 땅에 닿지 않을 정도로 물이 범람한 상태였다. 그러나 두 사람은 더 이상 공포를 느끼지 않았다.

보드는 이제 노를 젓지 않아도 알아서 센터에서 먼 쪽으로 흘러갔다. 진은 배의 선장처럼 보드 앞쪽에 앉아 주변을 살폈다. 혹시 노 같은 걸 건질 수 있지 않을까 하는 마음에, 팔을 보드 아래로 뻗어 보이지 않는 물 아래쪽을 훑었다.

뒤를 바라보고 앉아 있던 설이, 작고 하얀 무언가가 찰박거리는 소리를 내며 떠다니는 걸 발견했다. 아, 맞다, 강아지. 설은 빠르게 뛰는 심장을 애써 진정시키며 진을 불렀다.

"저거, 초코 맞죠?"

파트렉

설은 저도 모르게 강아지의 이름을 불렀다. 짧은 다리로 헤엄치던 작은 강아지가 고개를 이쪽으로 향했다. 진흙을 뒤집어쓴 듯 꾀죄죄해 보였지만 분명 아까 구조한 그 강아지가 맞았다. 진은 다리를 이용해 능숙하게 보드를 반대 방향으로 틀어 천천히 강아지가 있는 곳으로 향했다. 설은 진을 따라 해 보려 했지만, 잘되지 않아 이내 머쓱하게 다리를 접었다.

보드는 헥헥거리며 수영하느라 물을 먹고 있는 강아지 옆으로 다가갔고, 진은 왼팔을 이용해 강아지를 살며시 들어 올렸다. 진의 손바닥에 콩닥거리는 강아지의 심장 박동이 느껴졌다. 진은 침을 한 번 꿀꺽 삼키고, 조심스레 설에게 강아지를 건넸다.

"초코는 운이 좋네요."

설은 강아지를 조심스레 받아 들었다. 그 순간 설과 진의 머리 위에 있던 먹구름 일부가 사라졌다. 그제야 두 사람은 각자 차고 있던 시계를 확인했다. 오후 2시 34분. 아직 한낮이었다.

구름이 조금 물러난 잿빛 하늘이 두 사람의 시야를 가득 채웠다. 먼 풍경 사이로, 서울 한복판에 자리하고 있는 초고층 건축물인 월드타워의 끝부분이 깜박이며 빛났다.

"우와."

두 사람은 누가 먼저랄 것 없이 같은 감탄사를 동시에 내뱉었다. 둘은 기이한 기분을 느끼며 반짝이는 비늘 같은 월드타워를 바라보았다.

　넋이 나간 듯 입을 벌리고 있던 설이 먼저 말을 걸었다.

　"저게 인천에서 보이는 날은 손에 꼽힌다고 하던데."
　"그 말, 저도 들었는데. 이렇게 먼 인천에서 월드타워를 보려면 3대가 덕을 쌓아야 한다면서요."

　어안이 벙벙해진 설이, 진을 바라보며 웃음을 터뜨렸다.

　"뭐예요, 그 애늙은이 같은 말투는."
　"아, 그러니까, 말하자면 그렇다는 거죠. 어릴 때 그런 말 못 들어 봤어요? 왜, 국어 시간에…."

　진은 한쪽 다리를 보드 밖으로 내민 채, 긴장 풀린 얼굴로 설에게 진지하게 말을 건넸다. 초등학교 아니고 국민학교를 졸업한 건 아니냐는 말, 국어 시간에 속담은 배웠냐는 말, 가벼운 농담들이 잿빛 물 위에 둥둥 떠 있는 두 사람을 에워쌌다. 진과 설 사이에는 그제야 모든 긴장이 해소된, 안도의 기운이 찾아들었다.

파트렉

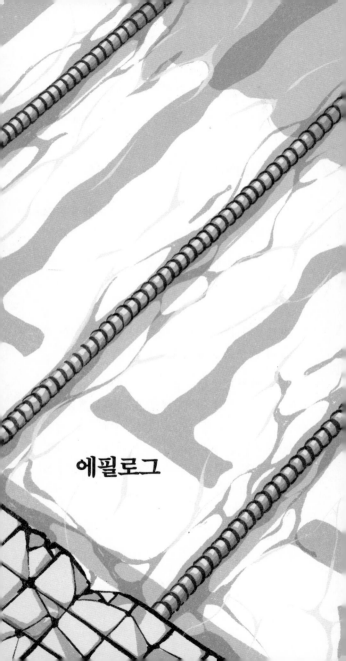

에필로그

열흘간의 장마가 끝났다. 그동안 햇빛을 보지 못했던 사람들은, 비가 그치자마자 근처 공원으로 뛰어나왔다. 수도권 지역의 하천은 여전히 넘치기 직전의 아슬아슬한 수위를 유지하는 중이었다. 지방 곳곳에서는 계속해서 댐을 방류하고 있었지만, 맑은 하늘이 보인다는 사실 하나만으로 많은 사람이 안도했다. 열흘 내내 똑같은 이야기를 반복하던 일기예보의 내용은 드디어 다른 단어와 문장들로 교체되었다.

장마로 인한 피해는 유독 수도권 지역에 집중되었다. 그중에서 신도시의 개발이 잦은 지역이 가장 많은 피해를 입었다. 장마가 지속되는 열흘 동안, 인천 지역에 내려진 호우경보는 해제되지 않았다. 매년 수천 가구가 침수 피해를 겪고 있음에도 불구하고 이렇다 할 대책이 마련되지 않으니, 재발하는 재난을 매번 속수무책으로 받아 내는 지역민들의 불만이 쏟아져 나왔다. 그리고 그 논란의 중심에 '송도 트라이센터'가 자리했다.

비구름이 떠난 직후, 진과 설 그리고 다른 사람들은 수 시간에 걸쳐 구조되었다. 장기간의 폭우로 인해 범람한 물은 좀처럼 시가지 밖으로 빠져나가지 못했다. 온통 구정물로 가득해 바닥이 보이지 않는 연수만 끝자락에서 발을 동동 구르는 사람들의 모습이 텔레비전 화면에 담겼다. 송도 트라이센터가 위치한 지역의 하수 시설 부재, 트라이센터의 부실 공사 및 필수 설비 미비 논란 등의 문제가 한꺼번에 터져 나왔고, 이를 다루는 뉴스에 패들 보드 위에서 표류하고 있는 진과 설, 그리고 강아지의 모습이 자료 화면으로 나왔다. 진과 설의 모습은 전국적으로 보도되었고, 러닝과 수영 동호인 중 최강자들이 공교롭게도 같은 날 운동하다가 사고 현장을 마주했다는 이야기는 꽤 드라마틱하게 발전해 동호인들 사이에서 한동안 회자되었다. 센터가 지하 최하층부터 거의 주저앉았다시피 무너져 버린 사고가 났음에도 인명 피해는 다행히 발생하지 않았다는 점, 그리고 가장 마지막에 구조된 설과 진 두 사람이 가벼운 타박상 외에 큰 부상은 입지 않았다는 사실은 사람들의 입소문을 타고 일종의 영웅담으로 둔갑했다.

하지만 설과 진 둘은 모두 그런 소동에 대응하기보다 사고 후에 닥친 문제를 수습하느라 여념이 없었다. 특히나 설에게는 구조한 강아지 문제가 남아 있었다. 동물 병원에 들러 강아지의 동물 등록 여부를 확인했지만, 강아지의 몸 어디에서도 내장 칩을 발견할 수 없었다. 설은 강아지의 주인을 수소문했다. 인스타그램과 블로그 등을 통해 강아지의 사진을 공유하고 주인의 연락을 기다렸다. 하지만 공유 수와 '좋아요' 수가 무수하게 올라감에도 불구하고 강아지의 주인은 찾을 수 없었다.

- 진짜로 얘 이름은 초코가 아닌 것 같아요.
- 그럼 다른 이름도 불러 봐요. 하얀 강아지니까 하양이, 구름이, 솜이….

강아지는 설의 집에 머물렀고, 진은 매일 인스타그램 다이렉트 메시지를 통해 설에게 강아지의 안부를 물었다. 진은 강아지를 두고 옥신각신했던 사고 당일의 기억을 좀체 지울 수 없었다. 설 또한 그 난리를 겪고도 털끝 하나 다치지 않고 활발하게 뛰노는 강아지를 보며, 진과 다툰 그때의 기억을 종종 떠올렸다. 만일 사람들만 밖으로 빠져나오고 강아지는 갇힌 채였다면, 혹시 건물 잔해나 기구 파편에 맞아 강아지가 큰 부상이라도 입었다면, 어땠을까. 설은 그런 생각을 떨치기 위해 같은 기억을 공유하는 진에게 자주 연락하며 강아지의 안부를 전했다.

트라이센터에 관한 뉴스가 보도될 때마다 사고 당사자라는 한 남자가 계속해서 인터뷰로 등장했다. 흰색 점퍼를 입은 남자는, 이게 사고 당일에 입었던 옷이라고 설명하며 센터에서 일어났던 일을 격양된 목소리로 설명했다. 진은 사건 이후 부러 뉴스를 챙겨 보지 않았지만, 그 남자를 단독으로 인터뷰한 영상이

공중파를 타던 날만큼은 그냥 넘어갈 수 없어 설에게 메시지를 보냈다.

  - 어쩌면 저렇게 사람들을 다 자기가 살렸다는 양 말할 수 있죠? 정말 어이가 없어서.

  빨간 얼굴로 화를 내는 이모티콘을 보낸 진의 메시지를 시작으로, 진과 설의 메시지 창에서는 대화가 끊임없이 이어졌다. 늘 강아지에 관한 이야기만 반복했던 두 사람이었지만, 이날은 강아지 이야기를 한 번도 꺼내지 않았다. 진의 분노에 찬 메시지를 보고 설도 텔레비전을 틀었다.

  두 사람에게는 센터 사고로 인한 트라우마가 남아 있었다. 하지만 평소에는 다른 사람들에게 별다른 내색을 할 수 없었다. 트라이센터 사고에 관한 이야기는 계속해서 언론에 모습을 비추는 흰색 점퍼 남자의 말투와 태도로 인해 일종의 가십거리로 자리 잡았고, 이내 사람들 사이에서 빠르게 잊혔다. 열흘 내리 한반도를 덮쳤던 장마 전선이 사라짐과 동시에, 전국에서 건물들의 붕괴 사고가 발생하기 시작했다는 점도 트라이센터 사고 이야기를 꺼내기 어려워진 이유 중 하나였다. 그때의 기억을 온전히 공유할 수 있는 사람이 설에게는 진밖에 없었고, 진 또한 마찬가지였다.

  두 사람이 메신저로 메시지를 주고받는 사이 한때 텔레비전 화면을 점령하다시피 했던 흰색 점퍼남의 인터뷰 영상은 광고로, 뉴스로, 드라마로 대체되었다. 소파에 비스듬히 누운 진의 한 손에는 500mL 맥주

캔이 들려 있었다. 설은 이미 와인 반병을 비운 참이었다.

　- 강아지 볼래요? 사진 말고, 영상으로요.

　설이 취기가 올라온 눈을 끔벅이며 진에게 메시지를 보냈다. 진은 설의 메시지를 보고 자리를 고쳐 앉았다. 이내 설에게서 영상 통화가 걸려 왔다. 통화를 수락한 진은, 곧 핸드폰 화면을 가득 채운 강아지의 모습을 마주했다.

　"귀엽죠. 지금은 잘 시간인데도 이렇게 막 정신없네요."

　빛이 희미하게 번지는 어두운 공간 안에서, 하얀 털뭉치가 정신없이 돌아다니고 있었다.

　"술은 다 마셨어요? 전 하나 더 가져오려고요."

　진은 들고 있던 맥주 캔을 바삭 소리가 나게 구기며 몸을 일으켰다. 탁자에 놓아둔 핸드폰에서는, 계속해서 강아지의 부산한 발소리가 들려왔다.

　냉장고에서 차가운 맥주를 꺼낸 진은 핸드폰 화면을 한번 슥 보고, 소파에 편한 자세로 앉았다. 설은 핸드폰을 충전 케이블과 연결한 후, 강아지를 토닥이며 바닥에 앉았다.

　진과 설의 핸드폰은 각각 천장과 탁자의 한쪽을 비추고 있었고 두 사람의 대화는 계속 이어졌다. 강아지의 주인을 더 찾기 어려우면 그냥 입양해서 키울까 한

에필로그

다는 설의 말에서부터 본격적으로 시작된 두 사람의 대화는 다시 트라이센터에서의 그때, 강아지를 처음 발견했던 지하 2층의 공간으로 돌아갔다. 이어서 두 사람은 벽을 타고 흘러 내려오는 물, 무너질 듯 말 듯 위태위태했던 암벽, 바닥이 보이지 않을 만큼 고인 물에 잠긴 트랙, 곳곳에 널브러져 있던 자전거들. 이미 수십 번은 머릿속에서 되새김질했지만 누구에게도 선뜻 풀어내기 어려웠던 장면들에 관해 말했다.

두 사람은 짧은 침묵과 긴 대화가 반복된 새벽에, 누구에게도 선뜻 쉽게 꺼내기 어렵고 아무리 애써도 제대로 전달하기 힘든 기억들을 나눌 수 있는 유일한 사람이 서로뿐임을 깨달았다. 끊길 듯 끊기지 않는 대화 속에서 진과 설은 두 사람만이 공유하는 사건의 장면들을 재조합했고, 각자의 방식으로 조합된 기억들은 둘을 더욱 단단하게 결속시켜 줄 예정이었다.

작가의 말

《전력 질주》는 2020년의 이상한 기후 속에서 시작했다. 여전히 코로나19라는 전염병에 대한 공포가 극심했던 2020년의 봄에는 이례적인 가뭄이 있었다. 여름의 초입에 비가 내리면서 가뭄은 일시적으로 해소되는 듯싶었으나 비는 곧 호우와 폭우로, 태풍과 '미친 장마'로 바뀌었다. 집중 폭우 사태는 결국 한반도에 막대한 피해를 입혔고 가을 즈음에야 소강상태에 이르렀다. 그해 여름에는 매일 아침 교통정보 시스템 사이트에 들어가, 도로의 침수 상황을 확인하는 게 일상이었다. 전무후무한 코로나19라는 질병보다 훨씬 오래전부터 예고되었던 재앙이, 정말로 턱 밑까지 도달했음을 실감했다.

그 와중에 '오늘은 밖에서 자전거를 좀 탈 수 있을까?' 하는 기대를 놓지 못해 추적추적 비가 내리는 날에도 자전거를 끌고 나가기도 했다. 출입이 금지된 한강 둔치, 정말로 잠수해 버린 잠수교 앞에서 입안에 은은하게 느껴지는 흙 맛을 곱씹으며 서 있었다. 그때, 내 뒤로 비 따위는 아랑곳하지 않는다는 듯 철벅거리며 달리기를 하는 사람이 지나갔다. 온몸이 쫄딱 젖어 있었지만 상관없다는 듯 통통 튀어 가며 나에게 꾸벅 인사를 했고, 덩달아 나도 꾸벅 눈에 띄도록 인사를 건넸다. 이런 날씨에 굳이 달리기를 하겠다고 밖으로 나온 그 사람을 이해할 수 없었다. 사실 그도 마찬가지였을 거다. 비가 오는데 위험하게 자전거를 끌고 나와 흠딱 젖은 채 헬멧 위로 떨어지는 빗방울을 연신 훔치고 있는 사람이 신기하게 느껴졌을 테다.

작가의 말

그날의 나는 그를 이해할 수 없었다. 왜 저러는 걸까, 라는 혼잣말을 계속해서 되뇌었을 뿐이다. 그 끄트머리에서, '이해할 수 없는 마음'이 '이해가 가능한 마음'으로 움직이는 순간을 만들어 보고 싶다는 생각이 문득 들었다. 끊임없이 움직이는 여자들, 요동치는 심장박동을 느끼며 삶의 존재를 드러내는 여자들을 통해서 그 마음들을 풀어내 보고 싶었다.

갑자기 재앙과 재난이 도래한다 할지라도 그 누구도 혼자가 아님을, 손과 등을 잡아 주고 일으켜 세워 주는 누군가가 있음을 실감하며 안심하고 한 발 가까스로 내딛는, 그런 순간에 대한 연속적인 생각이 이 소설을 만들어 주었다.

안전가옥의 멤버분들 덕분에 이 이야기를 즐겁게 완성할 수 있었다. 《전력 질주》가 세상에 나오기까지 오랜 시간 같이 달려 주신 이은진 PD님과 윤성훈 PD님, 그리고 세심하고 꼼꼼하게 편집을 진행해 주신 이혜정 편집자님께 감사드린다. 소설을 쓰는 동안 곁을 지켜 주었던(가끔씩 잠꼬대로 나를 움직이게 했지만) 반려견 슈와, 늘 용기를 주는 가족과 친구들에게도 무한의 애정을 보낸다.

달리기를 전혀 좋아하지 않았고 제대로 뛸 줄도 몰랐던 나는, 이 소설을 쓰면서부터 조금씩 달리기 시작했다. 처음에는 100m도 제대로 뛰지 못해 헉헉거렸지만, 지금은 2~3km는 쉬지 않고 달릴 수 있게 되었다. 달리기엔 여전히 젬병이지만, 잘하든 못하든 첫발과 첫 시작이 중요하다고 여전히 생각한다. 그렇게 힘을 내고 있거나 힘을 내기 위해 대기 중인, 세상 모든 '움직이는 여자들'을 응원한다. 그러니까 우리는, 움직여야 한다. 우리가 대항해야 하는 무언가를 바라보며, 허리를 꼿꼿이 세우고.

프로듀서의 말

제가 강민영 작가님의 작품을 처음으로 접하게 된 것은, '뉴 러브'라는 키워드로 개최했던 안전가옥 스토리 공모전의 심사를 볼 때였습니다. 당시 작가님의 작품은 본심에 올랐고, 심사 과정에서 여러 심사자들의 마음을 움직였으나 아쉽게도 최종 다섯 작품을 고르는 과정에서 선택받지 못해 책에 실릴 수 없게 되었습니다. 그 작품은 '외부인의 출입이 없었던 행성에 사는 주인공이 생애 처음 마주한 이방인을 통해 다양한 언어와 습관, 감정 등을 배우는 과정에서 서로의 장벽을 다양한 방식으로 허물어 가는 이야기'였습니다. 주인공이 느끼는 고립감이 이방인을 만나 잔잔하게 부서지는 과정을 차근차근 보여 준 이 작품 덕분에 강민영 작가님의 이름을 기억할 수 있었습니다.

　이후 윤성훈 PD님의 소개로, 작가님의 경장편 소설인 《부디, 얼지 않게끔》을 읽어 보게 되었습니다. '변온 인간이 되어 버린 주인공과 그 곁에 나타난 또다른 여성 인물의 연대'를 보여 준 이 작품은 '변온 인간'이라는 기묘한 상상력과는 대조적이게도, 두 여성 간에 오가는 사실적인 대화들이 인상 깊은 작품이었습니다. 고민 끝에 저는 강민영 작가님께 제안 메일을 쓰게 되었고, 작가님의 수락으로 연이 닿을 수 있었습니다.

　《전력 질주》는 갑작스레 닥친 대폭우로 인해 빗물이 들어차는 건물에 고립된 두 여성 스포츠인이 생존을 위해 연대하는 이야기입니다. 각 인물은 도무지

깨지지 않는 기록처럼 넘을 수 없는 내면의 트라우마를 가지고 있습니다. 두 아마추어 스포츠인의 주 종목은 각각 달리기와 수영입니다. 양쪽 모두가 일상에서 흔히 할 수 있는 생활 운동인 한편 기록이나 순위를 다투는 종목이기도 합니다. 자신의 기록을 스스로 깨부수어 왔던 두 여성 캐릭터가 홀로 자신의 한계를 넘어 온 인물들이라는 점을 잘 보여 준 설정이 아닌가 생각합니다. 두 인물은 표면적으로는 생존을 위해 건물 속을 헤쳐 나가지만, 그 과정에서 결국 타인의 도움을 받아 넘지 못했던 내면의 벽을 넘게 되는 과정을 보여 주고 있습니다.

1년 전 즈음 《전력 질주》의 시놉시스가 오가던 때만 하더라도 2022년 중부권 비 피해를 예상치 못했었는데, 작품 제작에 돌입할 무렵인 2022년 6~7월 무렵에는 덜컥 걱정이 되었습니다. 이야기 속에서처럼 빗물이 쏟아져 들어오는 건물 안에 고립되어 피해를 겪은 분들이 계시다는 것이, 그리고 그 시기가 불과 몇 달 전이라는 것이 마음에 많이 걸렸습니다. 허구 속 설정과 현실이 너무 가깝다고 느꼈기 때문입니다.

작가님께서 '작가의 말'에 적어 주신 것처럼 이 이야기의 발상은 기후변화의 징후들로부터 시작되었습니다. 이야기의 주된 소재인 대폭우는 이상한 기후변화를 감지해 온 작가님의 경험에서 비롯되었습니다. 프로듀서인 저 또한 이제는 이상기후가 우리의 생활과는 떼려야 뗄 수 없는 것이 되어 간다고 느끼고 있었기에 이 작품을 세상에 내놓게 되었습니다. 부디 이 이야기가 가진 매력을 알아봐 주실 독자님들께 가닿기를 바라며 저의 우려를 잠시 내려 두겠습니다.

천변을 뛰며 '오늘은 조금만 더 가 보자.' 했던 날도 있었는데, 이러저러한 핑계로 운동을 멈췄었습니다. 이 작품이 여러 고비를 넘어 완고에 다다르는 동안 다시 뛰어 볼까 하는 마음이 들었습니다. 한편으로는 이 작품 속 주인공들처럼 넘지 못하고 있는 내면의 문제가 있는지 제 마음을 조금 더 들여다보게 되기도 했습니다. 독자 여러분께도 이 작품이 몸과 마음을 움직이는 계기가 되어 준다면 좋겠습니다.

시놉시스 단계부터 크고 작은 수정을 거쳐 드디어 완주하신 강민영 작가님께 축하와 감사의 말씀을 전합니다. 작가님의 발굴을 도와주시고 프로듀싱 기간을 함께해 주신 윤성훈 PD님, 감사합니다.

안전가옥 스토리 PD
이은진 드림

프로듀서의 말

전력 질주

지은이	강민영
펴낸이	김홍익
펴낸곳	안전가옥

기획	안전가옥
콘텐츠 총괄	이지향
프로듀서	윤성훈 · 이은진
	고혜원 · 김보희 · 신지민
	임미나 · 조우리 · 황찬주
퍼블리싱	박혜신 · 임수빈
편집	이혜정
디자인	금종각
경영전략	나현호
서비스 디자인	김보영
비즈니스	이기훈
경영지원	홍연화

출판등록	제2018-000005호
주소	(04779) 서울특별시 성동구 뚝섬로1나길 5, 헤이그라운드 성수 시작점 201호
대표전화	(02) 461-0601
전자우편	marketing@safehouse.kr
홈페이지	safehouse.kr
ISBN	979-11-91193-75-6
초판 1쇄	2022년 12월 26일 발행
초판 2쇄	2023년 3월 9일 발행